CLYMAU

14
STORI FER

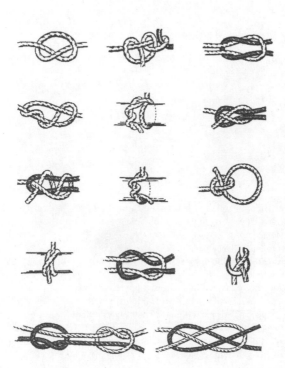

Gomer

Cyhoeddwyd yn 2015 gan
Wasg Gomer, Llandysul, Ceredigion SA44 4JL
www.gomer.co.uk

ISBN 978 1 78562 003 4
ISBN 978 1 78562 004 1 (ePUB)
ISBN 978 1 78562 005 8 (Kindle)

Cyhoeddir gyda chymorth ariannol
Cyngor Llyfrau Cymru.

Argraffwyd a rhwymwyd yng Nghymru gan
Wasg Gomer, Llandysul, Ceredigion.

Cynnwys

Rhagair

Ar un ystyr, syniad y bardd a'r nofelydd o Ddulyn, Dermot Bolger, oedd yr ysbrydoliaeth y tu ôl i'r casgliad hwn. Yn 1997, comisiynodd saith nofelydd Gwyddelig i ysgrifennu pennod yr un er mwyn creu'r gyfrol Finbar's Hotel. Bum mlynedd yn ôl, dros bianchino gyda'm ffrind da Tony Bianchi yn siop lyfrau Caban ym Mhontcanna, datblygodd y syniad o gynnal arbrawf tebyg yn y Gymraeg. Y tro hwn, byddai pob awdur yn ysgrifennu stori fer a fyddai'n clymu mewn rhyw ffordd â'r stori flaenorol. Ambell waith, byddai adleisiau eraill i'w clywed yn y naratif hefyd. A dyma fi'n ysgrifennu stori agoriadol Clymau heb sylweddoli'r anawsterau.

O, fe glywais esgusodion – digon, yn wir, i lenwi cyfrol arall. Wedyn, roedd angen paratoi'r testun a diolch yn dwlpe i'r golygydd creadigol, Mair Rees, am ymgymryd â'r gwaith hwnnw, a'i wneud yn ddiffwdan. Mae diolch yn ddyledus hefyd i Adran Olygyddol y Cyngor Llyfrau am eu llygaid craff. Ond nawr, a'm gwallt yn dipyn gwynnach, dyma ffrwyth blasus ac amrywiol y cynhaeaf geiriau.

Mae'n bleser mawr gweld awduron sy'n mentro i faes y stori fer am y tro cyntaf, megis Alun Horan, Nerys Lloyd a Rhys Iorwerth, yn rhannu'r tudalennau â hen lawiau ar y ffurf, fel Fflur Dafydd, Owen Martell a Geraint Lewis. Gobeithiaf y byddwch yn cael eich clymu'n dynn at y tudalennau gan eu doniau dweud hudol.

Jon Gower

Y Cyfranwyr

JON GOWER

Llyfr diweddaraf Jon yw *Gwalia Patagonia* sy'n dathlu 150 mlwyddiant sefydlu'r Wladfa. Bydd ei nofel epig, *Norte*, am ffoadur o America Ganol, yn ymddangos yn yr hydref.

LLOYD JONES

Mae Lloyd Jones, awdur *Y Dŵr* ac *Y Daith*, wedi ymddeol o'i waith fel golygydd papurau newydd ac yn byw nawr yn Abergwyngregyn. Mae'n hawdd gweld o'r llun pam y bu'n gweithio unwaith yng Nghastell Gwrych ... yn y *Chamber of Horrors*.

NERYS LLOYD

Wedi gyrfa amrywiol a llwyddiannus ym myd ffilm, yn ddiweddar iawn mae Nerys wedi newid cyfeiriad yn gyfan gwbl. Ar hyn o bryd mae'n prysur esblygu.

GERAINT LEWIS

Mae Geraint yn hanu o Dregaron ac yn byw yng Nghaerdydd. Bu'n ysgrifennu'n llawn amser ers 1984, yn bennaf ar gyfer y teledu.

CATRIN GERALLT

Awdur, darlledwr a sylwebydd ar y celfyddydau yw Catrin, a bu'n Olygydd Cynorthwyol Materion Cyfoes BBC Cymru ac yn Uwch-gynhyrchydd y *One Show* ar BBC 1. Tra bu'n gweithio i'r BBC, ysgrifennodd straeon byrion ar gyfer BBC Radio 4 a Gwasanaeth y Byd ac y llynedd, fe dderbyniodd ysgoloriaeth gan Lenyddiaeth Cymru i weithio ar ei nofel gyntaf.

EURON GRIFFITH

Mae Euron Griffith wedi cyhoeddi dwy nofel, *Dyn Pob Un* a *Leni Tiwdor*, ac mae ar hyn o bryd yn chwysu wrth geisio cwblhau ei drydedd. Mae e'n byw gyda thair cath a chwe physgodyn mewn tŷ llawn tensiwn yng Nghaerdydd.

TONY BIANCHI

Mae Tony Bianchi yn frodor o Northumberland ac yn byw yng Nghaerdydd. Hyd yn hyn mae wedi cyhoeddi pum nofel, gan gynnwys *Pryfeta*, a enillodd Wobr Goffa Daniel Owen yn 2007. Ceir detholiad o'i storïau byrion yn *Cyffesion Geordie Oddi Cartref* (2010).

HUW LAWRENCE

Cafodd Huw ei eni yn Llanelli, ond bu'n byw yn Aberystwyth gyda'i wraig Libbie am ryw ddeugain mlynedd. Mae ganddo ddau fab, dau ŵyr ac wyres. Mae Huw wedi ennill sawl gwobr am ei storïau byrion, gan gynnwys Gwobr Bridport, Gwobr Rhys Davies, bedair gwaith, a gwobr y Cinnamon Press, deirgwaith. Roedd ei lyfr *Always the Love of Someone* ar restr fer Gwobr Roland Mathias.

FFLUR DAFYDD

Mae Fflur Dafydd yn awdur, yn gantores, yn ddarlithydd ac yn sgriptwraig. Enillodd y Fedal Ryddiaith yn 2006 a Gwobr Goffa Daniel Owen yn 2009. Hi yw awdur y gyfres deledu *Parch* a'r ffilm *Y Llyfrgell*, sy'n seiliedig ar ei nofel.

OWEN MARTELL

Mae Owen Martell yn awdur nofelau a storïau byrion yn Gymraeg ac yn Saesneg. Enillodd wobr Llyfr y Flwyddyn yn 2001 am ei nofel gyntaf a gwobr Cymru

Greadigol yn 2008/09. Ymddangosodd cyfieithiadau o'i nofel ddiweddaraf, *Intermission* (2013), yn Ffrangeg ac Almaeneg ac mae cyfieithiad Sbaeneg yn cael ei baratoi ar hyn o bryd.

Alun Horan

Daw Alun Horan yn wreiddiol o Orseinon, ond erbyn hyn mae wedi ymlwybro dair milltir i'r gogledd i bentref Pontarddulais, lle mae'n byw mewn tŷ llawn merched. Ar ôl treulio talp o'i blentyndod o flaen y camera, mae bellach yn gynhyrchydd gyda chwmni Tinopolis yn Llanelli.

Huw Chiswell

Brodor o Gwm Tawe yw Huw Chiswell. Ar ôl graddio ym 1982, symudodd i Gaerdydd i ddilyn gyrfa yn y diwydiant teledu, ac erbyn hyn mae'n rhedeg ei gwmni ei hun. Serch hynny, mae'n fwy adnabyddus o bosib fel awdur caneuon.

Rhys Iorwerth

Un o wyryfon y stori fer ydi'r Prifardd Rhys Iorwerth. Ond, ac yntau'n 32 oed, roedd yn credu ei bod yn hen bryd iddo fwrw rhywbeth ar bapur nad oedd yn odli, nac yn ymwneud â Chaerdydd neu Gaernarfon. Am esboniad, gweler ei gyfrol gyntaf, *Un Stribedyn Bach* (Gwasg Carreg Gwalch), a gyhoeddwyd yn haf 2014.

Wiliam Owen Roberts

Awdur llawn amser ers 1989. Mae'n byw yng Nghaerdydd. Dyma detholiad o'i gyhoeddiadau: *Bingo!* (1985), *Y Pla* (1992), *Paradwys* (2001), *Petrograd* (2008) a *Paris* (2013).

Y PARTI MUNUD OLAF

Jon Gower

Ar hyd y blynyddoedd, clywsai Trish Price, perchennog siop Caban, bob math o gwestiynau am lyfrau:

'Odych chi'n gwerthu llyfr mapiau Dwyrain Timor?'

'Oes 'da chi lyfr am adar ysglyfaethus?'

'Fi'n whilo am lyfr gan fy hen dad-cu. Sai'n gwbod 'i deitl, ond roedd e am Ryfel y Crimea, clawr coch. Wrth gwrs bo' fi'n gwbod beth oedd enw fy hen dad-cu. Williams. Rhywbeth Williams.'

Dro arall, daeth menyw ag wynepryd sur i mewn i gwyno am wall treiglo ar garden cydymdeimlo a brynwyd ganddi wythnos ynghynt. Nid edrychai fel un a fedrai gydymdeimlo â neb; lemon o wyneb. Wrth iddi fyseddu ei ffordd ar hyd rhai o'r llyfrau barddoniaeth meddyliodd yn uchel:

'Ife 'na gyd sgrifennodd Waldo Williams? Un llyfr bach tenau. Byddech chi'n meddwl 'i fod e wedi neud o leia un gyfrol drwchus o glywed y ffŷs ma' pobl yn 'i neud abwytu fe.'

'Aaaa, ond mae 'na gyfrolau ym mhob cerdd, chi'n gweld. Ewch â fe gartre 'da chi – mae'n bwysig cael lle tawel i fwynhau Waldo.'

Daeth y fenyw 'nôl bythefnos yn ddiweddarach â golwg gwbwl wahanol arni. Tarddai goleuni newydd ohoni. Roedd yr haul wedi codi'r tarth uwchben Maenclochog.

Do, fe glywodd Trish bob math o gwestiynau.

Fel perchennog cydwybodol, ymdrechai i ateb yr ymholiadau hyn oll ac, yn fwy na hynny, roedd hi'n hoff iawn o'i chwsmeriaid, gan gynnwys ffan newydd Waldo. Nhw a'u holl gwestiynau. Pryd? Ble? Pam? Sut?

Ond pan ddaeth yr hen ŵr i mewn, doedd ganddi ddim ateb iddo. Safodd yno, a'i lais mor dawel, prin y gallai glywed y geiriau; llais fel awel yn siffrwd drwy blu.

'Oes 'da chi lyfr am ewthanasia, rhywbeth yn debyg i lawlyfr sy'n cynnwys rhywbeth am y dathlu ...?'

'Y dathlu?'

'Mae angen dathlu bywyd, hyd yn oed un sydd wedi mynd 'mlaen yn rhy hir, ac sy'n llusgo drwy gors anobaith.'

'Cors. Dathlu. Wel ...'

Edrychodd ar y dyn, ei groen fel hen lawysgrif oedd wedi melynu ar silff. Roedd urddas yn y ffordd roedd yn sefyll, hen filwr efallai, neu gapten llong.

'Mae fy ngwraig yn marw. Irene yw ei henw. Mae'n marw cyn ei hamser. Mae'n marw o 'mlaen i.'

Y noson honno, ar ôl i'r plant fynd i'r gwely, gorweddai Trish gyda'i gŵr Huw, oedd yn gwrando ar yr iPod. Ystumiodd wrtho y dylai dynnu'r plygiau gwynion o'i glustiau. Diffoddodd y symffoni. Sibelius Pump ydoedd, ei ffefryn.

'Daeth hen ddyn mewn i 'ngweld i heddi, yn gofyn am lyfr i'w helpu fe i ladd ei wraig.'

'Ffoniest ti'r cops?'

'Naddo. Ma' hi'n sâl iawn, ac mae e eisiau dod â'i dioddefaint i ben.'

'O, ma' hynny'n wahanol. Sori cariad. Beth wnest ti archebu, felly? Oes rhywbeth amlwg? Llyfr wedi'i gyhoeddi yn y Swistir, falle?'

'Dim byd 'to. Wnes i whilo a whilo. Dyw e ddim yn gwestiwn hawdd.'

Syllodd Trish ar y nenfwd gan nodi pererindod pry copyn o orchudd y golau i encil yn y gornel uwchben y wardrob. Aeth Huw 'nôl at ei Sibelius, gan ddechrau o'r dechrau. Roedd hynny'n haws. Cododd André Previn ei faton mewn neuadd gyngerdd yn Vienna.

Yn ei gwely yn Ward 8B, edrychodd Irene ar y ffigyrau LCD yn fflachio'n ddidrugaredd, a brofodd iddi ei bod yn dal ar dir y byw. Daeth gwyfyn i daro'n dawel yn erbyn y ffenest, ei adenydd yn wyn ac yn curo fel metronom, yn bendant ei fod eisiau dod i mewn. Efallai mai hwn oedd ei hangel, un bach, yn hofran yn y tywyllwch.

Meddyliodd am ei gŵr a'i orchwyl amhosib. Byddai'n ddewr. Roedd yn ddyn dewr iawn. Profodd hynny ar Fôr Iwerydd pan oedd llongau tanddwr yr Almaenwyr yn dilyn ei long yntau fel siarcod. Y tu mewn iddi roedd y siarcod bellach; bwystfilod ar batrôl yn ei gwythiennau.

Curai'r gwyfyn-angel yn fwy cyson nawr, â mwy o bwrpas. Diffoddodd Irene y golau darllen uwchben ei gwely. Hedfanodd y pryfedyn i ffwrdd, wedi llwyr golli ei awch ar ddiffoddiad y switsh.

Aeth deuddydd heibio heb sôn am yr hen ŵr. Edrychodd Trish ar y ffurflen archeb heb ei llenwi. Eto i gyd, doedd y ffurflen ddim yn hollol wag – roedd enw a chyfeiriad y dyn wedi'u nodi arni. Roedd yn byw yng Nghyncoed, ar ochr arall y ddinas. Ardal ariannog, ddeiliog, â thai sylweddol. Efallai yr arferai'r capten lywio tanceri olew, y Capten Morus yma a'i enw wedi ei sillafu yn y ffordd Gymraeg.

Pan ddaeth y Capten i mewn nesa, roedd golwg wedi blino arno, fel petai wedi bod yn hwylio drwy dymestl, ac yn wir, mewn un ystyr, yr oedd. Ym marn Mr Ahmed, yr arbenigwr, ni fyddai Irene yn goroesi pythefnos, a dyna oedd y ddrycin. Wrth iddo esbonio, cododd y tonnau'n uwch na'r ffenestri a dechreuodd yr ystafell siglo'n wyllt o'r naill ochr i'r llall. Gafaelodd y Capten yn ei wraig a'i dal yn dynn rhag y storm. Cododd mynwentydd o ddŵr, a chronni rhwng yr adeiladau niwroleg a hematoleg allan fan 'na drwy'r ffenest.

'Shwd mae Irene?', llais Trish, yn rhybudd ei fod yn drifftio.

'Mae hi'n mynd i farw cyn bo hir. Dyna'r farn

feddygol. Nid eu bod nhw'n sgrifennu hyn lawr yn eu nodiadau, mae'r rheiny ar gyfer ffeithiau, nid darogan.'

'Oes 'na rywbeth alla i neud i helpu?' gofynnodd Trish, gan estyn ei llaw tuag ato a gwasgu ei fysedd, fel petai'n paratoi toes.

'Dwi am drefnu parti.'

'Parti?'

'I ddathlu'i bywyd hi, a'n bywyd ni 'da'n gilydd, falle dathlu bywyd ei hunan.'

'Pryd?'

'Y diwrnod ar ôl fory. Ma' amser yn brin. Dwi ond yma gyda chi oherwydd bod y doctoriaid wedi mynnu fy mod yn gadael y ward i gysgu rhywfaint. Ond alla i ddim cysgu. Bydd digon o amser i hynny ar ôl ...'

Dechreuodd ei gorff grynu. Gafaelodd Trish ynddo a'i dynnu i'w mynwes, gan deimlo'i esgyrn yn erbyn ei chorff.

'Dechreuwn ni nawr. Gadewch i mi gau'r siop.'

Aethant i weld gweinyddwr yr ysbyty'n gynta, i ofyn a oedd ystafell sbâr i gynnal y digwyddiad.

'Parti, chi'n gweud?'

'Gyda miwsig a phopeth. Nos Fercher. Mae'n *rhaid* iddo ddigwydd nos Fercher.'

'Mae stafell snwcer y staff yn rhydd.'

'Gawn ni'i gweld hi?'

'Cewch siŵr.'

Stafell ddiaddurn sylweddol o faint ydoedd, â seddau rownd yr ochrau a bwrdd snwcer oedd wedi gweld dyddiau gwell yn y canol. Ystafell berffaith. Y peth cynta wnaeth yr hen ddyn oedd tynnu balŵns o'i boced. Cynigiodd y gweinyddwr helpu drwy gyfrannu silindr o nwy nitrogen i'w llenwi, a threfnodd i borthor fynd i ôl silindr ar droli. Tra oedd yn aros am y nwy, cymerodd Capten Morus becyn o sêr allan o'r un boced – y math y bydd plant yn eu prynu mewn amgueddfa. Safodd ar ben cadair a dechrau'u sticio i'r nenfwd, yn union fel tasen nhw'n disgleirio yn y nen go iawn. Aeth Trish adre gan adael y dyn wrth ei waith, a'r Llwybr Llaethog yn dechrau ymestyn megis enfys draw tua'r bar.

Fore trannoeth, aethant ati i drefnu'r bwyd a'r ddiod.

'Bydd yr offerynwyr yn medru chwarae ar y llwyfan bychan 'ma,' meddai'r Capten.

Roedd Trish yn ddigon call i beidio â gofyn pa offerynwyr yn union, oherwydd bod y Capten yn amlwg wedi paratoi'n fanwl.

Mynnodd ei bod yn derbyn drinc tra oedd e'n ffonio'u ffrindiau i estyn gwahoddiadau a gofyn am ffafrau penodol. Sipiodd Trish ei Martini gan ryfeddu at egni'r dyn, a'r ffordd drefnus yr âi drwy ei lyfr nodiadau. Oedd, roedd e'n gwybod sut i hwylio 'mlaen. Roedd ganddo flynyddoedd o brofiad o wneud hynny. Ymlaen drwy gulfor. Ymlaen i ben y ffiord. Ymlaen.

Ni welodd Trish y Capten y diwrnod canlynol, diwrnod â'i rythmau arferol. Daeth Robat â phentwr o gopïau o'r *Dinesydd* draw, yn wên i gyd. A dyma un o'i chwsmeriaid mwya cyson, mam i bump o blant, yn dod i chwilio atebion ar gyfer gwaith cartref ei mab ifancaf. Pan awgrymodd Trish y byddai chwilio ar y we yn haws, dyma'r fenyw yn esbonio ei bod yn anllythrennog, a'i bod yn dibynnu ar Trish i ddarllen drosti. Roedd llif cyson o bobl yn dod i brynu cardiau pen-blwydd hefyd. Ond doedd ei meddwl ddim ar y gwaith o dendio cwsmeriaid. Ni allai ganolbwyntio.

Taflai'r parti gysgod hir. Dymunai yn fwy na dim i Irene ei fwynhau. Ond teimlai ofn hefyd. A fyddai'n bosib dathlu, gwir ddathlu, o dan y fath amgylchiadau? Caeodd y siop yn gynnar a gyrru i'r dre i brynu ffrog newydd. Dewisodd un ysgarlad. Gobeithiai na fyddai llwyd na brown na du ar gyfyl y lle. Dyna oedd dymuniad y Capten. Byddai ei gŵr yn gwisgo crys Hawäiaidd am y tro cyntaf yn ei fywyd.

Hanner awr wedi saith ar y nos Fercher, ac roedd y stafell snwcer dan ei sang â gwesteion yn disgwyl i'r porthorion ddod ag Irene i lawr yn y lifft. Roedd cacen anferth yng nghornel yr ystafell, wedi'i haddurno â lluniau o Irene gan wyresau ac wyrion y teulu. Dechreuodd pedwar aelod o Gerddorfa Symffoni'r BBC chwarae darn gan Bery Grongaer, un o hoff weithiau Irene.

Agorwyd y drws gan Mr Ahmed, a anelodd yn syth am Gapten Morus, cydio yn ei fraich a'i dywys allan i'r coridor.

'Mae hi wedi mynd i newid,' dywedodd wrtho. Safodd y ddau yn fud, gan edrych ar y coed ceirios y tu allan ar y lawnt, eu dail yn casglu ceiniogau arian o olau'r lloer.

Pan ymddangosodd Irene, roedd hi'n gwisgo ffrog lawn, borffor ac oni bai am y bag carthu ar droli wrth

ei hymyl, byddai wedi edrych fel seren ffilm. Cofiai'r
Capten sut y byddai pobl ar lan y môr wastad yn cymharu
coesau ei wraig â rhai Betty Grable, ac yn wir, roedd 'na
debygrwydd rhwng eu coesau hir athletig, yn enwedig ar
ôl i Irene gael ychydig bach o liw haul. Yn y parti, syllodd
y Capten arni fel tase'n ei gweld am y tro cynta yn Sbaen,
yn dotio ar y diniweidrwydd yn ei llygaid, a lliw ei gwallt,
a oedd yn aur bryd hynny. Roedd poen yn ei llygaid, ond
hapusrwydd hefyd, wrth iddi nabod pawb, a rhyfeddu.

Anodd oedd credu'r tyrnowt, ac oherwydd eu bod
yn ffrindiau da, yn gyfeillion triw a ffyddlon, nid oedd
embaras ynglŷn â'r drip, nac ychwaith ynglŷn â natur
reibus ei salwch. Roedd potel o siampên yn cael ei hagor
bob yn ail funud, ac Irene yn chwerthin oherwydd bod
ychydig o ofn y sŵn hwnnw arni, ac roedd y Capten yn
ceisio dodi'i ddwylo dros ei chlustiau bob tro y gwelai fod
un arall ar fin popian. Ac roedd y miwsig yn berffaith, yn
ei hatgoffa o'r ddawns gynta 'na, ar y cyfandir ...

Roedd y noson ar fin cwpla pan aeth e i ofyn iddi
ddawnsio. Erbyn hynny, roedd hi wedi blino ar ôl dawnsio
am deirawr a cheisio osgoi pawennau'r dynion oedd am
anwesu ei phen-ôl. Bu'n rhaid iddi osgoi eu traed hefyd,
gan fod y rhan fwyaf ohonynt yn gwneud walts gydag
esgyll nofio neu sgidiau clown. Yn wir, roedd un o'r clods
wedi sefyll mor drwm ar ei throed nes ei bod yn ofni ei
bod wedi torri asgwrn. Ond roedd dawnsio 'da'r morwr

ifanc yn wahanol. Hedfanai'n ysgafndroed o'i chwmpas, yn gofyn cwestiynau rif y gwlith. Ac ar ôl i'r ddawns ola orffen, aethant allan i edrych ar y sêr. Gorfoledd o oleuni. Diemwntau di-ben-draw. Arwyddion oeddynt i'r cariadon newydd fod 'na brydferthwch rhyfedd i'w gael ond i chi chwilio yn y lle iawn, a'ch bod yn barod i godi'ch llygaid.

Symudodd ei thraed i atgof y miwsig a glywid ddeugain mlynedd yn ôl, ei sliperi yn symud yn slic, y corff yn cario'i hatgofion.

O ystyried eu hoed, roedd cynrychiolaeth anhygoel o dda o ddosbarth Irene yn yr ysgol gynradd. Pan ddechreuon nhw ganu cân yr ysgol mewn lleisiau crin, roedd 'na ing yn yr aer; atgofion o leisiau bach llawn addewid a gobaith, wedi eu tywyllu gan amser a phrofiad:

> Mae'n hysgol ni yn gartre clyd,
> Cil-sant yw'r gorau yn y byd,
> Llyfr a chân, testun a sgwrs
> A'r Gymraeg yn fyw i ni i gyd, wrth gwrs.

Ond byddent yn chwerthin hyd yn oed nawr ynglŷn â'r ffordd nad oedd y llinell ola 'na cweit yn gweithio'n iawn, y côr cymysg hwn o hen leisiau'n trafaelio 'nôl dros saith deg o flynyddoedd. Daeth eu cân i ben, a thro ei chyd-ddisgyblion o'r ysgol uwchradd oedd hi, lleisiau merched i gyd, yn dechrau cydganu eu cân hwythau. Roedd y wên ar wyneb Irene mor brydferth ag enfys, ac ar ôl i'r canu orffen, gwnaeth ei gorau i siarad â phawb. Teimlai fel y Cwîn yn un o bartïon Palas Buckingham, yn gofyn sut oedd hwn a hwn, a chlywed am enedigaethau a marwolaethau, a hanes plant ac wyrion yn yr ysgol a'r brifysgol. Wrth iddi siarad â'u ffrindiau oll, daeth llif o atgofion 'nôl iddi, rhai pethau dibwys fel casglu'r poteli llaeth o iard Ysgol Cil-sant a gweld bod titw tomos las wedi ymweld â phob potel yn barod, gan bigo twll ym mhob un ac yfed yr hufen i frecwast. Cofiodd wyneb Mrs Walters pan oedd hi wrth y piano, fel petai wedi hedfan i ganol cwmwl o freuddwyd – a chwarae, chwarae, chwarae gyda Dilys Edwards, Molly Hopkins, Fiona Williams, Morwenna Penuwch, Meg Fach a Theresa Rhiwdro, y sgipio a'r clebran a'r dyddiau hollol, hollol hapus 'na cyn bod arholiadau a gwaith cartre bob nos yn dod i sbwylio pethau.

Aeth Irene rownd y stafell ddwywaith, a gorymdaith osgeiddig yn ei chyfarch a rhannu dymuniadau da. Doedd neb yn ei thrin fel rhywun ar drothwy'r bedd, jyst fel Irene – ffrind, cymydog neu gyn-gyd-weithiwr. Mynnodd Irene gael tri neu bedwar sip o siampên, hyd yn oed, a aeth yn syth i'w phen a gwneud iddi deimlo ei bod hi'n walsio. Dyma'r parti gorau iddi ei gael yn ei bywyd. Dyma barti ei bywyd.

Roedd un neu ddau o bobl wedi gadael yn barod erbyn i'r Capten estyn i'w boced am ddarn o bapur. Trawodd wydr siampên yn bwrpasol â llwy fach arian, a chlirio'i lwnc. Er ei fod yn annerch y dorf yn gyffredinol, roedd yn edrych ar ei wraig drwy'r amser, yn methu tynnu ei lygaid oddi arni. Ac edrychai hi 'nôl, gan syllu'n ddwfn i'w lygaid ef, a gweld y math o bysgod ymoleuol sydd at batrôl yng ngwaelodion y môr, yn y ffosydd mawr tanddwr lle mae'r Silff Gyfandirol yn dod i ben a'r môr mawr, y môr anferth, yn dechrau go iawn.

'Gyfeillion. Dim ond unwaith dwi wedi bod yn ninas Cadiz, a dim ond unwaith oedd eisiau. Roeddwn yn gweithio ar long yr *SS Free Spirit*, a oedd yn cludo pren o Ganada i Wlad Groeg, heibio Gibraltar ac yna'n hwylio 'nôl lan i'r St Lawrence Seaway yn cludo olew olewydd, cyrc ar gyfer gwinllannoedd Washington a physgod wedi'u sychu o arfordir Albania.

'Nid oedd trigolion Cadiz yn gadael y tŷ am swper tan tua naw o'r gloch, ac roeddwn wedi cerdded ar hyd y cei a heibio'r tri goleudy hanner dwsin o weithiau, mae'n siŵr gen i, yn disgwyl i'r lle bwyta cynta agor ei ddrysau a chynnau'r lampau. Byddai'r goleudai'n creu ffotograff du a gwyn o'r harbwr bob yn ail funud – y cychod bach yn saff wrth eu rhaffau, yr eglwys gadeiriol fel hanner grawnffrwyth ar un o fryniau bychain y lle, a walydd gwynion y tai taclus yn adlewyrchu golau'r lleuad.

'El Faro oedd y cynta i agor, lle ag enw da ymhlith y morwyr diwylliedig hynny oedd yn mynd i fwyta, edrych ar eglwysi ac yn y blaen, yn hytrach na mynychu'r puteindai lle costiai 'clustog' ddau gan peseta'r awr. Roedd y cawl cregyn bach, y gwichiaid bach duon, yn enwog drwy Andalusia, ac felly archebais fowlaid a dechrau sawru'r bara ffres oedd newydd ddod allan o'r ffwrn.

'Roedd dwy nyrs ifanc yno, a gallwn dyngu mai merched o Sbaen oedden nhw oherwydd y ffordd urddasol roedden nhw'n cerdded ac yn edrych ar bethau. Irene oedd un ohonynt, a dwi'n cofio edrych arni'n syfrdan cyn mentro gofyn iddi am ddawns, ac yna rhannu bwrdd a sgwrs a gwin cyn i ni gerdded allan i fwynhau'r nos. Ac ro'n i wedi cwmpo ben a chlustiau mewn cariad â hi cyn bo' ni'n mynd allan i'r awyr oer. Fues i mewn cariad 'da ddi fyth ers hynny. Hi ddaeth â'r llawenydd i 'mywyd i.'

Bron iddo ddagu ar ei eiriau olaf. Nodiodd ar ei ffrind Peter fel arwydd. Diffoddwyd y goleuadau, gan adael pawb yn y parti mewn tywyllwch anhreiddiadwy.

Ond yna, daeth y sêr mas i oleuo'u hwynebau; y sêr dirifedi roedd y Capten wedi'u gludo at y nenfwd dros nos – y Llwybr Llaethog, Andromeda ac ambell alaeth arall. Roedd e mor brydferth nes i bawb gymryd anadl oedd yn swnio, i unrhyw un digon rhamantus i weld pethau yn y fath gywair, fel adlais pell, pell, pell o ffrwydrad seren draw tuag ymyl y llun, ac roedd 'na ddigon o ddisgleirdeb yn dod o'r sêr bach nes bod bochau Irene damed bach yn wyrdd.

'Sneb yn siŵr beth yn union ddigwyddodd wedyn. Efallai taw gwres yr holl bobl yn yr ystafell a dwymodd y glud a oedd yn dal y sêr i fyny, ond fesul un, yn urddasol araf, dechreuodd y sêr gwympo, fel plu eira, yn disgyn i'r llawr, yn chwyrlïo'n hamddenol tua'r llawr. Cwympodd Tejat, gan adael darn bach tywyll ar ei hôl, a chwympodd

Beta. Diflannodd Mizar o'r ffurfafen ac yna Nebiwla gyfan, gan ddrifftio i lawr fel conffeti. Gwagiodd y nenfwd wrth i'r llusernau bach pert ddiffodd, un ar ôl y llall: Antares, Mimosa, tan yr eiliad y disgynnodd y seren brydfertha oll, yn dawel fach, i'r llawr.

RHAG MYND YN ANGOF

Lloyd Jones

Gorweddai'r cŵn carpiog yng nghysgodion dwfn y ddinas yn cysgu fel y meirw. Heblaw, hynny yw, am ambell i symudiad bychan: cryndod llygad wrth i bryf lanio ar amrant, neu herc coes wrth i'w pherchennog ymuno â'r helfa fawr yn ei gwsg. Ymdrochai ambell i aderyn y to tila yn y llwch sychboeth i lawr yn y parc cyhoeddus, ond roedd pawb call wedi mynd i gysgodi rhag yr haul. Cuddiai'r trigolion cysglyd fel llygod ym mherfeddion y muriau, yn osgoi hen gath unllygeidiog yr haul. Yn amyneddgar disgwylient am yr hwyrddydd, pan ddeuai awel i lawr o'r siera.

Yn y cyfamser, gorweddai rhyw ddistawrwydd poeth fel mwgwd dros geg y ddinas, ac roedd y palmantau'n wag oni bai am ambell i ddieithryn, ambell *turista* annoeth yn ymlwybro ar hyd y strydoedd gwag. Dyna sut le oedd y Plaza de Mina yng nghanol y prynhawn, a dyna sut le oedd Cadiz yn yr haf. Roedd pawb wedi cilio. Lle dieflig o boeth oedd y Plaza pan dywalltai'r haul ei aur berwedig dros y toeau. Yn y sgwâr roedd y trigolion wedi cau'r caeadau pren dros eu ffenestri, pawb eithr un hen wraig ym mhen dwyreiniol y Plaza de Mina.

Eisteddai Dona Aleta de la Santos mewn cadair fawr gyfforddus yng nghysgodion ei fflat ar y trydydd llawr, yn edrych i lawr ar y *plaza* ac yn oeri ei hwyneb efo gwyntyll mawr du. Perthynai hwnnw yn wreiddiol i'w hen nain, un o'r werin gaws a fu'n llafurio drwy gydol ei hoes mewn planhigfa orenau yn y wlad. Roedd bysedd yr hen wreigan honno wedi treulio'r pren lle gafaelai ynddo, ac roedd bysedd Dona Aleta wrthi'n treulio'r pren ymhellach fyth nawr. Bysedd tenau, esgyrnog oedd ganddi, bysedd y teulu. Bellach, roedd dwylo Dona Aleta fel crafangau a rhedai'r gwythiennau drostynt fel afonydd o inc. Ar un adeg, pan oedd hi'n coginio yn y bwyty ac yn profi pob pryd a âi i'r byrddau, bu Dona Aleta yn ddynes fawr. Ond erbyn hyn roedd hi'n ditw, yn ysgafn fel pluen, ac yn un o'r hen wragedd ysbrydol a âi am dro wrth eu ffyn i'r *catedral* yn y bore bach i ddweud eu pader ac i gusanu traed pren y Forwyn Fair. Roedd sawl un debyg iddi'n cyrraedd y *catedral* ar yr un pryd; a phan edrychai'r prif offeiriad ar Dona Aleta, dywedai wrtho'i hun: O, mae hi'n dal efo ni, mae Duw wedi ei sbario hi am ddiwrnod arall, ond be sy'n ei chadw hi'n fyw? Mae'r gannwyll wedi cyrraedd y bôn ers talwm, a does bron dim ohoni ar ôl, ond mae'r galon yn curo o awr i awr, rhywsut, ac mae'r corff yn cripian 'mlaen o ddydd i ddydd – wele un o wyrthiau'r Arglwydd.

Dim ond yr offeiriaid, ac un hen ferch arall, a wyddai gyfrinach Dona Aleta pan âi hi i'r gyffesgell i sibrwd ei *Ave Maria*, neu pan eisteddai'r hen wreigan mor llonydd â cherflun yng nghysgodion y gadeirlan. Gwyddent mai hogan o'r wlad oedd Aleta yn wreiddiol, un o'r werin. Oedd, roedd hi wedi gweithio yn y perllannau orenau, fel ei mam, felly nid gwaed glas yr uchelwyr oedd yr inc yn ei gwythiennau, fel y dynodai'r teitl *Dona*, ond hen waed gwerinol. Ie, wedi ffugio ei thras uchel yr oedd hi yn hwyr yn ei bywyd. Aleta oedd ei henw hi, yn blaen ac yn syml. Roedd ganddi hi bob math o syniadau aruchel yn cwrso drwyddi, ac roedd ei meddwl yn dal yn effro.

Yn ystod y dyddiau hirboeth roedd hi wedi darllen llu o lyfrau enwog mewn ymgais i greu'r argraff ei bod hi'n ddynes ddeallus, yn gwybod llawer am wleidyddiaeth a hanes, celf a llenyddiaeth. Un o'r llyfrau enwog a borwyd ganddi oedd *À la recherche du temps perdu* gan Marcel Proust. Yn y gyfrol honno roedd hi wedi darllen yn awchus am hen wreigan simsan a wyliai'r byd bob awr o ffenest ei stafell uwchben rhyw dref yn Ffrainc, ac a wyddai hynt a hanes pawb yn y fro gan fod ei llygaid barcud wrthi'n dilyn pob symudiad oddi tani. A dyna wnâi Dona Aleta hefyd. Creodd dapestri coeth, ac ar ôl bod yno am flwyddyn fe wyddai hanes pawb, roedd llond gwyddoniadur o wybodaeth yn berwi yn ei phenglog. Fe wyddai, er enghraifft, mai perllan yn perthyn i leiandy oedd y Plaza de Mina yn wreiddiol, ac roedd yr eironi yn codi cornel ei cheg fach denau bob tro y cofiai hynny. Gwyddai am ddarluniau Peter Paul Rubens yn yr amgueddfa fach ar draws y ffordd, gwyddai hefyd am enwogion y Plaza. Gallai fwmian darnau o gerddoriaeth Manuel de Falla y Matheu, cyfansoddwr y *ballet* enwog *Yr Het Dri Chornel*, a aned yn y Plaza, ac yn wir, cogiai ei bod hi'n perthyn iddo, ar ochr ei thad-cu wrth gwrs. Roedd cerflun Manuel – yn eistedd ar ei blinth oddi tani yn y sgwâr – *mor* debyg i'w thad, meddai'n gelwyddog wrth ei ffrindiau.

Heddiw, wrth eistedd ar ei gorsedd, roedd Aleta yn pendwmpian ac yn aros am y chwa gyntaf i ddod i lawr o'r siera. Roedd hi'n disgwyl i ddrama feunyddiol y sgwâr ddechrau, ac fel y deffrai'r trigolion, roedd pob ffenest fel sgrin deledu yn dangos opera sebon boblogaidd. Clywai ffrae yn cynnau rhwng gŵr a gwraig islaw am bedwar o'r gloch bob dydd ers blynyddoedd maith, a gwelai'r cariadon newydd gyferbyn yn cusanu cyn datglymu. Gwyddai Aleta beth i'w ddisgwyl, ac roedd ei llygaid bach duon yn dilyn bob tro newydd ym mhob plot. Roedd y Plaza de Mina yn mwynhau ei fywyd ei hun hefyd, ac ar wahân i fywydau'r trigolion, roedd ganddo ei hanes a'i ysbryd personol. Edrychai Aleta ymlaen yn awchus at ddigwyddiadau unigryw, digymar y sgwâr bob mis. Yn bennaf oll, roedd hi'n edrych ymlaen at garnifal enwog Cadiz, a ddeuai i lawenhau calonnau'r trigolion ar ddiwedd pob gaeaf, ac i groesawu'r gwanwyn. Hwn oedd prif garnifal Sbaen, ac fe âi ymlaen am yn agos i bythefnos. Bryd hynny roedd y sgwâr yn orlawn drwy'r dydd, ac yn wledd i'r llygad a diddanwyr rhyfeddol yn eu gwisgoedd lliwgar yn gwefreiddio pawb.

Eisteddai Aleta yn ei chadair drwy'r dydd, o'r bore bach hyd fachlud haul, yn gwledda ar yr olygfa: actorion afieithus y *chirigota* yn gwneud hwyl am ben y gwleidyddion a'r selébs; cantorion clasurol y *comparsa*;

y corau amryddawn a'r unigolion difyr hynny, y *romancero*, yn symud ymysg y dorf ac yn difyrru pawb. Eleni, roedd gan Aleta reswm arbennig dros groesawu'r gweithgareddau. Oherwydd ar y noson olaf, y dydd Sul, roedd hi'n bwriadu cynnal dathliad personol i gyd-fynd â'r miri cyhoeddus yn y ddinas. Daeth y syniad iddi ar nos Galan, tra oedd hi'n eistedd yn ei chadair yn gwylio'r dathlu meddw yn cyfarch y flwyddyn newydd. Wrth syllu ar y gloddestwyr, daeth syniad gloyw i'w phen, syniad mor llachar â'r tân gwyllt oedd yn ffrwydro tua'r nef. Doedd neb ond y ddwy ohonynt yn y stafell y noson honno: Aleta wrth y ffenest fel arfer, a ffigwr bach du yn sefyll wrth y drws. Hen ddynes oedd y llall hefyd, gwrach fach a oedd lawn mor esgyrnog a thenau â'r feistres yn ei chadair. Edrychodd Aleta ar y cysgod wrth y drws, a daeth llu o atgofion yn ôl iddi. Sawl gwaith, tybed, roedd hi wedi syllu ar ei morwyn Catalina yn sefyll wrth y drws? Miloedd ar filoedd o weithiau, mae'n debyg. Ond nid morwyn go iawn oedd y wraig fach grymaidd wrth y drws, nage wir. Roedd bywyd Catalina wedi bod yn rhan annatod o fywyd Aleta ers pan oedd y ddwy ohonynt yn fabanod, yn cysgu efo'i gilydd yng nghysgod y coed orenau tra oedd eu mamau yn hel ffrwythau o'u cwmpas. Yna buont yn hel ffrwythau eu hunain; gorchwyl pleserus ar y dechrau, ond bwrn ar einioes y ddwy gyfeilles erbyn iddynt gyrraedd eu harddegau. Un noswaith stormus, ar ôl diwrnod hir o waith yn y berllan, roedd y ddwy wedi gwneud penderfyniad wrth eistedd wyneb yn wyneb mewn ffrâm ffenest agored dan y bargod yng nghartref tlawd Aleta. Roedd fel pe bai'r byd gwahanol a welsent yng ngolau llachar y mellt wedi eu hysgogi i newid cwrs eu bywydau'r noson honno. Do, fe ddaeth ffawd – wrth weld fforch o dân – i wyrdroi einioes y ddwy ferch. Penderfynodd y ddau ffrind y byddent yn rhedeg i ffwrdd i'r ddinas fore trannoeth. Roeddynt am ddechrau bywyd newydd ymysg y morwyr golygus a gerddai ar hyd y cei, yn paratoi i fynd i ben draw'r byd. Bu tad Aleta yn forwr ei hun am dipyn yn ystod y rhyfel, ac roedd rhamant y porthladd wedi gafael yn ei dychymyg hithau ers iddo adrodd straeon amser gwely iddi.

Drannoeth roedd y ddwy ferch wedi diflannu, a doedd ond nodyn byr ar ôl i ddweud wrth eu rhieni am eu gobeithion a'u hawch i ddechrau bywyd newydd. Gwelodd y berllan orenau lif o ddagrau'r bore hwnnw, ond ni welwyd y merched am flynyddoedd wedi hynny. Sut bynnag, doedden nhw ddim yn greulon wrth eu rhieni, diolch i'r drefn, a gyrrwyd llu o lythyrau adref yn adrodd eu hanes.

Ar ôl cyrraedd Cadiz, roedd y ddau ffrind wedi cerdded ar hyd y cei ac wedi mynd heibio'r tri goleudy droeon cyn i'r haul fachlud, ond yn y diwedd, bu'n rhaid iddynt ddod o hyd i lechfan am y nos. Buont yn ffodus; gwelodd Aleta ei chyfle ac aethant i gysgu yn yr hesg ymysg y twyni tywod ym mharc naturiol y Bahia de Cadiz, nid nepell o'r porthladd. Buont yn cysgu felly am dair noson, yn byw yn wyllt, ond doedd hynny'n poeni dim arnynt gan eu bod yn ifanc ac yn llawn bywyd. Yn wir, byddai'r profiad yn codi hiraeth ar y ddwy ohonynt drwy gydol eu bywydau: 'Wyt ti'n ein cofio ni'n cynnau tân ac yn sgwrsio drwy'r nos ar y twyni?' dywedai'r naill wrth y llall, ac yna byddai'r ddwy yn cydio dwylo ac yn wylo, neu'n chwerthin ac yn cofleidio ei gilydd.

Ond ymhen tridiau roedd eu pres wedi mynd i gyd ac roedd y ddwy yn dechrau poeni; aethant ati bob dydd i gerdded ymysg y siopau a'r *cafés* yn ymofyn gwaith. Gwnaent unrhyw beth, dim ots pa mor ddibwys oedd y dasg. Ar y pedwerydd diwrnod cawsant dipyn o lwc, gan fod golchwr llestri un o'r bwytai heb ymddangos. Felly cawsant waith am y noson, y ddwy ohonynt yn gweithio am gyflog un. Lle prysur iawn oedd El Faro, oherwydd bod ganddo enw da ymhlith y morwyr. Roedd cawl y gwichiaid bach duon yn enwog drwy Andalusia, ac roedd y ddwy ferch yn lladd nadroedd drwy'r nos, tan i'r drysau gau. Ni ŵyr neb beth ddigwyddodd i'r golchwr llestri, ond ni ddaeth yn ôl i'w waith. Fe wnaeth o ffafr fawr â'r ddwy ferch; buont yn gweithio yn El Faro yn llawer hwy na'r disgwyl: buont yno am hanner canrif gyfan. Syrthiodd y perchennog mewn cariad yn llwyr â'r ferch o'r perllannau pell, Aleta fach, gyda'i llygaid mawr duon a'i dywediadau gwladaidd, ei hiwmor miniog a'i gallu syfrdanol i ddal llestri cyn iddynt drawo'r llawr. Priodasant dair blynedd i'r diwrnod ar ôl i'r ddwy hogan ymadael mor ddisymwth â bro eu mebyd. Catalina oedd y forwyn briodas, wrth gwrs.

Er i Aleta a'i gŵr Pepito fwynhau priodas hapus a ffrwydrol (yn nhraddodiad priodasau Sbaen), ni welodd Catalina neb yn camu drwy'r drws i hawlio'i chalon hi. Mae'n wir, roedd ambell i forwr cyfrwys wedi cymryd mantais ohoni ac wedi'i swyno hi ar y twyni, ond ni fu neb o bwys yn ei bywyd heblaw am Aleta, ei hen ffrind o gefn gwlad Sbaen. 'Rwyt ti'n mofyn gormod, chei di ddim rhamant pur fel sy yn yr opera mewn caffi glan môr fel hwn,' meddai Aleta wrthi. Ond ni phallodd yr awch yn ei chalon am gariad pur, a dibriod fu Catalina drwy weddill ei hoes. Ar ôl tipyn dewiswyd hi i gyfarch pob cwsmer newydd wrth y drws, ac i ddewis bwrdd ar eu cyfer. Dyna sut dechreuodd y bartneriaeth unigryw hon, ag un ferch wrth y drws a'r llall yn y cefn. Roedd Aleta, a eisteddai bob dydd yn ei chadair nawr, wedi dechrau wrth y sinc, ac wedi symud i'r gegin i helpu'r cogydd. Yna, un diwrnod ar ôl priodi Pepito, aeth hi ei hun yn brif gogydd; hyhi oedd yn rhoi arwydd bychan efo'i phen os oedd modd cymryd cwsmer newydd, ac yna Catalina fyddai'n hebrwng y newydd-ddyfodiaid i'w seddi. Yn sgil y bartneriaeth ymarferol hon crëwyd yr argraff fod Catalina yn forwyn i Aleta, yn aros bob munud o'r dydd am gyfarwyddyd. Ond nid felly roedd hi mewn gwirionedd; ffrindiau mynwesol oeddynt ac roedd y cyfeillgarwch rhyngddynt yn debyg o barhau tan i'r naill neu'r llall gymryd ei hanadl olaf.

Heddiw, yn yr hwyrddydd ar ddiwrnod cyntaf y flwyddyn, arhosai'r ddwy yn hollol lonydd – un yn ei chadair, yn edrych drwy gil ei llygad ar ei ffrind. Roedd honno wrth y drws, yn creu silwét bach du, cam, gydag un llaw wedi'i chodi yn barod i gynnau'r switsh trydan, switsh *bakelite* hen ffasiwn, gan nad oedd y fflat wedi newid llawer dros ugain mlynedd. Roeddynt wedi symud yno yn fuan ar ôl marwolaeth Pepito; doedd gan y ddau ffrind ddim awydd i ddal ati hebddo. Ac am yn hir wedyn bu'r ddwy yn byw ar eu hatgofion, yn bwydo ar y gorffennol. 'Wyt ti'n ein cofio ni'n eistedd yn y ffenest yn gwylio'r mellt dros y berllan?' meddai un wrth y llall, neu, 'Wyt ti'n cofio *presidente* y wlad yn picio draw am fowlaid o gawl pysgod, ac yna'n dweud wrth y wasg mai dyna oedd y cawl gorau o'i fath iddo'i flasu erioed …?' Dyna sut roedd hi bob dydd yn y fflat uwchben y Plaza de Mina, gyda'r ddwy hen wreigan yn hel atgofion, heb neb ond y cerfluniau yn y sgwâr yn gwrando arnynt.

Y diwrnod cynt, tra oeddynt yn trafod eu hamser yn El Faro, bu bron iddi fynd yn ffrae rhyngddynt ynghylch un achlysur arbennig yn y bwyty. Pan oedd ffwdan y gegin wedi distewi roedd Pepito yn arfer mynd i eistedd o dan ymbarél y tu allan i'r adeilad i fwynhau tamaid o fwyd a chymryd glasiad neu ddau o win ac un – dim ond un – *cigarillo*. Roedd y ddwy ferch yn cytuno ynghylch popeth heblaw'r math o *cigarillo* roedd Pepito yn ei smocio. Mynnai Aleta mai La Paz oedd dewis ei gŵr bob tro, tra oedd Catalina yn mynnu mai Montecristo oedd ei ddewis. Do, bu bron iawn iddynt ffraeo, ond yn ôl trefn eu perthynas dywedodd Catalina mai hi oedd yn cyfeiliorni, ac mai Aleta oedd yn iawn. Wedi pensynnu ynghylch y peth drwy'r prynhawn yn ei sedd, cyfaddefodd Aleta mai ei ffrind oedd yn iawn wedi'r cyfan ac ymddiheurodd i Catalina am fod mor annifyr. Doedd dim rhaid iddi boeni o gwbl, meddai Catalina, onid oedd hi'n hawdd i bawb gymysgu ffeithiau dibwys? Roedd Aleta wastad wedi ystyried bod ganddi gof dihafal, y gorau yn y dref hwyrach, a doedd hi ddim yn hapus o gwbl ynglŷn â'i chamgymeriad. Os oedd hi wedi anghofio enw hoff *cigarillo* Pepito, beth arall allai hi fod wedi'i anghofio? Faint o ffeithiau eraill oedd wedi syrthio'n gwlwm yn llinyn ei chof? Bu Aleta yn pendroni ynghylch hyn am yn hir. Yna, ar ddiwedd prynhawn cyntaf y flwyddyn newydd, ar ôl y *siesta* ddyddiol, ac ar ôl i leisiau a synau'r ceir ddychwelyd i'r Plaza de Mina, daeth llonyddwch i wep Aleta yng nghysgodion y fflat. Arhosodd tan oedd Catalina yn ei lle wrth y drws, yna, dywedodd Aleta: 'Rydw i wedi penderfynu, Catalina. Rydym ni am gael parti!' Syfrdanwyd Catalina, gan fod Aleta wedi casáu pob parti y bu ynddo erioed. 'Parti?' Bu Catalina yn ailadrodd y gair am funud gyfan. 'Parti?' meddai eto. 'Wyt ti'n siŵr, Aleta?' Roedd hi'n ofni am chydig fod y 'feistres' wedi mynd o'i chof. A sut medrai'r ddwy ohonynt baratoi gwledd ar eu pen eu hunain, a phwy ddeuai i'r fath ddathliad?

Ond roedd Aleta wedi meddwl am bopeth. Yn sydyn, yn ystod y pnawn, roedd hi wedi cofio'r syniad a ddaeth iddi ar nos Galan, pan oedd pawb yn y dref yn dathlu. Yna roedd y cynllun wedi ffurfio yn ei phen. Oedd, roedd hi am gynnal parti yn yr hen gartref, yn El Faro ei hun. Roedd hi am fwcio'r bwyty am noswaith gyfan. Gwyddai y byddai'r *patrón* newydd yn barod iddi wneud hynny gan fod y bwyty wedi mynd yn ddistaw ers tro rŵan; doedd y bwyty ddim wedi ffynnu ar ôl ymadawiad Aleta a Catalina. Fe wyddai hynny oherwydd iddi wrando ar bob gair a ynganwyd yn y sgwâr, ac roedd y wybodaeth wedi rhoi mymryn o bleser iddi. 'Catalina,' meddai Aleta wrth ei hen ffrind, 'does dim rhaid i ti boeni am ddim byd. Gwna i'r trefniadau. Rydw i am roi gwadd i'n hen ffrindiau i gyd, i'r cwsmeriaid sy'n dal yn fyw, i bawb a fu'n rhan o'n bywyd ni am dros hanner canrif i lawr ar y cei.' Unwaith eto fe syfrdanwyd Catalina. 'Pam, Aleta?' gofynnodd. 'Wnaiff o gostio ffortiwn!' Ond doedd dim pwynt ceisio dylanwadu ar Aleta. Roedd hi wedi penderfynu, a dyna fo. Roedd y twll yn ei chof wedi ei hanesmwytho'n enbyd. Os oedd un twll yno, faint o dyllau eraill oedd yno? Ac os oedd Aleta wedi dechrau anghofio pethau, beth am Catalina? Cyn bo hir byddai'r cwbl wedi mynd i ebargofiant, fyddai yna ddim byd ar ôl i'w gofio; byddai hanes Aleta a Catalina a Pepito wedi diflannu dros ochr y cei fel pennau pysgod a chregyn gwichiaid. Na, roedd yn angenrheidiol iddynt wneud rhywbeth ar unwaith. Byddai'n bosibl iddynt ailddarganfod hanes y *café*. Dichon fod llawer o hanesion wedi mynd ar goll yn barod, ond roedd modd achub y dydd. Fe ofynnai Aleta i bob un o'r gwesteion sefyll ar eu traed yn ystod y wledd, i adrodd eu hoff hanesyn ynglŷn ag El Faro. Dyna oedd yr ateb. Dros noswaith gyfan, i lawr ar y cei, gellid casglu llu o'r hen atgofion cyn iddynt ddiflannu i dywyllwch y gorffennol.

CAWL

Nerys Lloyd

6. 30 y bore: Mae'r plant yn cysgu. Mae'r ddinas yn cysgu.

'Sgin ti esgyrn cyw … plis?'

''Di'r bone man ddim yn dod heddiw,' meddai Gary yn ei Gymraeg hanner a hanner. 'Parti heno?'

'Oes,' medda fi'n rowlio fy llygaid

Mae'n bagio'r esgyrn yn llechwraidd.

'Tisio ribs hefyd?'

'Ga i weld? Na, na, na – dim diolch.' Dwi'n ymatal. Dwi wedi cynllunio bwydlen heddiw, ac mae gormod i'w wneud yn barod. Gwaith, 'na'r cyfan ydi parti, a chost, a gorfod gwenu trwy'r cyfan oll.

'Ga i weld dy belly di?'

'Ha ha, too early for that.'

'Belly porc!'

Mae'n tynnu sgwaryn anferth o'r oergell yn y cefn. Mae'n berffaith, a'r tethi bach yn dangos.

'Hannar hwnna plis.'

'Gewch chi cael o i gyd am pumpunt.'

Dwi ddim isio cymaint, ond mae'n wyliau fory ac mae o'n licio rhoi *Gary's deal* i fi. Dwi'n ymwybodol 'mod i wedi gwrthod ei asennau. Mae derbyn rhodd yn rhodd i'r rhoddwr yn ôl fy nain. Mae'n sgorio siapiau diemwnt yn gelfydd yn y croen.

'Diolch. Dwy dafell o Carmarthen Ham. Tenau plis.'

'Thin spam coming up.'

Dwi'n cofio pan brynais i ham Serrano cyfan o Sbaen. Wedi mynd ar wyliau, ac yn mynd â'r teulu i ddathlu'r Nadolig efo'n rhieni am y tro cyntaf. Pawb ohonon ni, fy mrawd a'r plant, yr antis, yncls cyfnitherod a'u gwŷr a'r henoed, yn dod at ein gilydd i ddymuno'n dda, croesawu a rhannu gobeithion ar gyfer y dyfodol. I Dad oedd yr ham go iawn, mae o wrth ei fodd yn trio bwydydd newydd. Rydan ni'n deulu trachwantus.

Cyrhaeddais 'nôl adref, a sylweddolais fod llond twll o ofn gen i dorri'r cig fy hun. Es i i'w ddangos i'r cigydd, yn y gobaith y basa fo'n fy nghynghori i – a falla 'mod i isio iddo fo edmygu'r cyhyr enfawr. Bu tawelwch difrifol. Roedd yn rhaid trin hwn efo parchedig ofn. Wythnos yn ddiweddarach, wedi pwyso a mesur y broblem, cynigiodd ei sleisio fo ar y peiriant, diwrnod cyn Dolig (diwrnod prysura'r flwyddyn i gigydd – chwara teg iddo fo) a'i roi mewn vacuum packs *i fynd i'r Gogledd.*

Anghofiais amdano ym mhrysurdeb prynu a chuddio'r presantau. Am 11 y bore, noswyl Nadolig, a finnau'n rhedeg rownd i bacio, cau'r tŷ a gweiddi ar y plant, gyrrais yr ham i'r siop, dan ofal fy ngŵr. Daeth yn ôl hanner awr yn ddiweddarach efo vacuum packs *o ham 'di'i sleisio'n*

dew fel cig moch Cymreig. O'n i ar ben y grisiau pan weles
i nhw, yn anferthol o feichiog, a dwi'n credu i 'ngŵr feddwl
'mod i a'r babi'n mynd i drigo yn y fan. Ro'n i'n fud o
wallgof. Ar ôl dod ataf fy hun ychydig gyrrais fy ngŵr yn
ôl i gael eglurhad a gwelliant ar y sefyllfa. Roedd Wayne,
y prentis, wedi gwneud y bwbw a doedd dim i'w wneud
bellach. Rhy dew i'w fwynhau, rhy denau i'w aildorri.

Ar y ffordd 'nôl o'r bwtsiar dwi'n casglu deubwys o gocos
a dau ddraenog y môr gwyllt o arfordir y Gogledd gan
y dyn pysgod cysglyd, sy'n f'atgoffa nad ydi o 'di agor y
siop eto. Sori!

7. 30 y bore: Dwi'n agor y bagiau. Dau garcas cyw amrwd,
efo'r 'denydd yn dal arnyn nhw – diolch, Gary. Rhoi'r
rheiny yn y crochan efo hadau pupur, halen, moronen,
nionyn, dail gwyrdd y cennin a seleri. Allan i'r ardd i
nôl deilen bae, saets, ychydig bach o rosmari a dwi'n siŵr
fod 'na sbrigyn o deim sych yn cuddio y tu ôl i'r garlleg. I
mewn i'r rhewgell i nôl llond llaw o ferdys yn eu cregyn,
eu taflu nhw i mewn i'r crochan, cyn ychwanegu llond
dau decell o ddŵr berw – dyna ni am y ddwy awr nesaf.
Tynnu'r dail garlleg gwyllt allan i ddadmer, y llus a'r
pèsols negres. Menyn allan o'r oergell i gynhesu.

Pwdin nesaf. Dwi'n mynd i'r pantri i chwilio am y
blodau ysgaw wnes i'u sychu.

Mi gasglodd Iwan a finnau lond pac ar ein ffordd 'nôl
o'r ysgol. Seiclo drwy'r parc sy'n dilyn afon Taf a gweld
dwy goeden wedi'u haddurno efo'r cyffaith angylaidd
priodasol.

'Gawn ni neud pop ysgaw, plis Mam, plis?' ymbiliodd
Iwan.

Doedd o ddim yn hapus nes inni reibio'r goeden yn
llwyr. Dio'm yn cymryd lot o flodau i wneud pop, ryw
bump go fawr – lemwn a siwgr mewn gwirionedd ydy'r
prif gynhwysion. Felly mi es i ati, efo cyngor fy mrawd, i
wneud gwin hefyd. Braidd yn felys 'di hwnnw – neis yn
oer efo pwdin. Mi oedd Ffred drws nesa yn sychu bloda
ysgaw bob blwyddyn – yn dda fel te at annwyd, medda
fo. Fydda i'n licio'u defnyddio nhw mewn tarten fale, neu
gwsberis, mae'n dyrchafu blas y pwdin rywsut.

Dwi'n cymryd dau flodyn o'r jar a'u rhoi nhw mewn
sosban efo traean o fagiaid o siwgr. Hanner-jwg o ddŵr
a mudferwi'r cyfan nes bod gen i surop. Dwi'n rhoi'r
sosban fach ar y llawr wrth y drws cefn i oeri. Crafu
croen tri lemwn yn fân a gwasgu'r sudd.

Toes i neud y gacan lus nesa. Curo menyn, cofio fel
bydda Nain yn gneud hyn rhwng ei phengliniau o flaen
y tân nwy. Ychwanegu siwgr eisin a halen a chymysgu'r
cwbl efo digon o eli penelin, nes ei fod o'n wyn.
Ychwanegu blawd a melynwy a'i rwbio efo'n nwylo nes ei
fod o'n briwsioni.

Damia, mae'r plant 'di codi.

'Bore da!'

'Be ti'n neud, Mam? Ti'n ocê?'

Mae Rhys yn ddigon call i wbod nad ydi cwcio'r amser yma o'r dydd yng Nghymru ddim yn arwydd o gyflwr meddwl iach iawn.

Er, mi oeddwn i'n coginio bob bore yn Sbaen, wrth gwrs. Roedd Neus a finnau'n gwneud prydau'n barod i ginio a the cyn i'r plant a'r dynion godi, am ei bod hi mor boeth. O'n i'n meddwl bod hynny'n honco bost, tan i mi sylweddoli fod pawb yn y pentref yn gwneud yn union yr un fath. Wedyn byddem yn mentro allan i fochel rhag yr haul ar y gwair o dan y coed ym mhwll nofio'r pentre, ac ymdrochi yn y dŵr clir rhewllyd – yn neiniau a theidiau, babis ac arddegwyr cyhyrog, wedi'n hamgylchynu gan fynyddoedd brith y Pyrenees. Adra am dri i fwyta a chysgu cyn cymdeithasu ar y sgwâr tua chwech. Ein plant a phlant y pentre yn chwarae bote-bote, neu'n mynd i seiclo efo'r hen ddoctor amyneddgar. Yn aml byddem yn bwyta'n pryd nos yn agos at hanner nos ar y sgwâr, dan y sêr. Cawl clir, escudella cwningen o'r fferm efo garlleg a chnau almwn mân. Aem wedyn i hostal Mari Angels, a cherdded trwy'r stribedi plastig amryliw, o dan garnau mochyn crebachlyd ar ffurf croes ar y drysau. Hen arwydd oedd hwn i'r Mwriaid fod y pentref yn foch-futwyr Catholig. Y plant yn awyddus i gael eu hufen iâ

nosweithiol, a ninnau'n sipian brandi go gry. Mynd am
dro wedyn, yn nhywyllwch dudew'r wlad efo'r ystlumod
yn gwibio rownd ein pennau a Neus yn adrodd hanesion
am guddio bwyd rhag dynion Franco, ac am ymyrraeth
ddieflig yr Eglwys.

—————

'Rhoswch chi am un munud.'

'Munud go iawn, ta munud Mam?' medda Cian.

'Munud go iawn – wir yr.'

Dyma gymysgu llefrith oer i'r briwsion a'u gwneud yn does. Gwaith sydyn os dwi am iddo lwyddo. Ei lapio'n dynn mewn clingffilm a'i daflu'n ddiseremoni i'r oergell. Cofio sgimio'r hen ewyn budr yr olwg oddi ar y stoc.

'Ocê, gewch chi ddod fewn rŵan.' Dwi'n sgubo popeth i'r sinc a golchi 'nwylo. Mae'r plant yn pori ar garbohydrates a siwgr ac yn gofyn cwestiynau twp:

'Pan wnaeth y tir cynta gael ei greu o lafa, lle oedd o – yn union?' Cian bach sy'n holi:

'Mam, be 'di dy hoff albym?' Rhys y tro hwn.

'Sh, dwi'n trio meddwl.'

'Dwi'n casáu o pan ti'n deud hynna, Mam,' meddai Cian yn gwynfanllyd.

'Sori babi … cerwch i wylio'r teledu. Mae *Winter Wipeout* ymlaen, dwi'n meddwl.'

Maen nhw'n rhuthro am ddrws y gegin, gan gario bwyd efo nhw a thynnu coes yn beryglus o fywiog.

Be nesa? Panad, ista lawr – dwi 'di colli awydd cwcio'n sydyn. Gweld y llus, mae 'na chydig o ddail yn dal yn eu canol nhw, ac ambell frigyn.

***

Cian, Rhys, Neus, Clara, Albert a finnau bigodd nhw ar ben y Sgyryd. Mi gawson ni wanwyn poeth y llynedd, felly roedd cnwd go dda ddechrau Gorffennaf. Mynd â phicnic – Rhys yn ei gario gan fod Cian yn cwyno ar y ddringfa araf gychwynnol. Mae gen i gefn cryf, mae'n rhaid, a choesau fel boncyffion coed; coesau defaid mae'r plant yn eu galw nhw achos does gen i ddim fferau – dwi wrth fy modd yn cario Cian a'i wyneb bach direidus yn estyn o gefn fy mhen am sws sogi. Mae Rhys yn tynnu ei ddillad yn syth – hogyn y wlad ydi o ym mêr ei esgyrn – a thynnu rhedyn i chwipio'r gwair. Dan ni'n cyrraedd y creigiau. Mae Iwan yn dod i lawr oddi ar 'y nghefn i ddringo. Mae'r pedwar plentyn yn byrlymu i fyny'r creigiau – rydw i a Neus mor falch ohonyn nhw. 'Rhoswch am Cian.'

Gorwedd ar y topiau wedi ymlâdd a'r plant yn eu dillad isaf erbyn hyn. Dangos i Neus a Cian lle mae'r llus. Dwi'n ffindio man clir o bw pw defaid ac yn ista ar fy nghrys chwys a dechrau pigo. Does dim modd gwneud y gwaith ar eich traed, mae'n rhy isel a rhy fanwl. Dwi'n gwisgo ffrog las ac mae'r sgert yn falwnau odana i fel lliain bwrdd. Wnes i ddim gwisgo trowsus am dros ddeng mlynedd, byth. Doedd fy ngŵr ddim yn fy licio i mewn trowsus. Mae Neus yn chwerthin ar fy nghoesau peipiau. Dwi byth yn cofio Nain yn gwisgo trowsus chwaith, wrth arddio neu gerdded Cader Idris. Roedd ganddi hithau goesau cryfion a dwylo mawr medrus hyd y diwedd. Mae'n rhyfedd i ddechrau, mae'n waith mor araf, ond wedyn mae fel tasa'r llus yn penderfynu ymddangos o'r tu ôl i'r dail bach cwyrog a lluosi, llusosi! Mae'r bechgyn yn bwyta mwy na chasglu, wrth gwrs, a Cian wrth ei fodd:

'Sbia Mam, hwn di'r mwya … y dua … Mami, Mam, y llwyn llawna.'

Mae pawb yn tawelu, canolbwyntio, myfyrio. Dwi'n symud draw at lwyn addawol, dwi reit wrth ymyl Neus. Gwelaf ei breichiau cryfion wedi'u gorchuddio â blew mân, hir. Mae ei bysedd yn pigo yn fân ac yn fuan. Mi alla i ei dychmygu hi yn pluo ieir ar y fferm. Mae ôl gwaith ar y bysedd 'na. Daw teulu o Saeson heibio i ni.

'What are they doing?' meddai un o'r bechgyn pryd golau, talsyth.

'Ai am picing llus,' medda fi. 'Winberries I believe ddei are called in Inglish … Trai won.' Dwi'n estyn fy llaw gochddu at y teulu yn llawn llus.

Maen nhw'n petruso – fel taswn i'n trio'u gwenwyno nhw. 'It's OK. Ddei are nice. It's for making tarts and jam.'

Maen nhw'n trio un yr un ac yn Mmmian a nodio'u pennau'n orfrwdfrydig, fel tasa fo'n ryw fath o brawf bywyd. Maen nhw'n sgytlo o 'na reit handi a'r plant yn edrych yn ôl arnon ni yn ofnus.

Mae Neus yn dechrau chwerthin ar fy mhen i.

'Be?'

'Sbia arnon ni!!'

Dwi'n gweld be welodd y teulu trefol. Dwy ddynes – chwiorydd falle, bryd tywyll a phedwar o blant budr yn eu dillad isaf yn strics coch a du drostynt. Mae'n siŵr eu bod nhw'n credu mai rhyw drueiniaid nomadig yn dibynnu ar fwyd gwyllt i'n cynnal ydan ni. Falla eu bod nhw'n ofergoelus ac yn ofni y gwnawn ni eu melltithio. Rydan ni i gyd yn chwerthin am bennau'r trueiniaid diddiwylliant. Mae'r plant a ninnau yn chwarae'n wirion, yn ymaflyd codwm ar ben y mynydd, yn rholio yn y llus a'r pw pw defaid a thaflu ein gilydd blith draphlith, freichiau a choesau a phenolau a thraed, cosi croen yn erbyn croen y ddau deulu yn un llwyth yn erbyn y byd. Yn ferched, bechgyn ac oedolion, does dim gwahaniaeth. Mae pawb yn gyfartal, pawb yn cydchwarae a chynorthwyo'i gilydd fel bo angen. Tan yr arddegau.

Dwi'n cofio dro arall roedden ni i gyd 'di mynd i Gwm Gwenlais am bicnic, cyn i Cian gael i eni, pan odd yr hogia tua chwech. Mi benderfynon ni gerdded i fyny i lygad Gwenlais. Roedd hi wedi bod yn sych, felly doedd yr afon ddim yn ddwfn ond roedd y tir yn serth a'r dŵr yn glir fel grisial ac yn edrych mor addawol yn rhaeadru ris wrth ris i lawr y mynydd. Dyma fi'n deud wrth bawb am dynnu'u trywsusau a cherdded i fyny'r afon – trwy'r afon. Mwy o waith na'i olwg.

Bu'r pedwar ohonom yn llithro a chwympo am yn ail nes bod pawb 'di glychu. Mi dynnon ni'n dillad a dringo'r gweddill yn noethlymun groen. Dim ond tir pori gwael oedd gerllaw, felly'r gwaetha allai ddigwydd oedd i Gareth

*Cwmbrân gael llond llygad wrth gasglu defaid. Dwi di'i
weld o cyn hyn noson lladd gwair yn neidio i mewn i
Jyncsiyn Pŵl yn noeth ar ôl hanner nos, 'di meddwi'n gocls
yn canu emynau nerth i ben – felly roedden ni'n rhydd i
wneud fel ag y mynnon ni.*

*Cyrraedd llygad yr afon, pwll cudd hudolus anghysbell,
a ffindio pedol o lus rownd y dŵr llonydd – yn hwyr iawn
yn y tymor o achos cysgod y mynydd. Gorwedd gyda'n
gilydd ym mharadwys yn pori ar lus.*

9.00 y bore: Reit 'ta, mae'n rhaid i mi weithio. Tynnu'r
cocos allan a'u sgwrio efo brws ewinedd. Dwi'n galw ar
Cian i helpu. Rhoi barclod môr-leidr amdano efo sgarff
i fatsio.

Mae Cian yn llenwi bwced efo dŵr glân a'i lenwi'n
swnllyd efo cocos.

'Ti'n cofio ni'n mynd efo Cadi, Gwion, Elin ac Yncl
Huw i hel cregyn gleision? Oedden nhw'n afiach.' Cian
yn tynnu wyneb.

'Doedd o ddim help mai dim ond hen dun bisgedi
oedd gen i i'w berwi nhw. Ti'n cofio? Oeddech chdi'n
wych am ffindio broc môr i wneud tân.'

'Y darn gorau oedd clecio'r gwmon ar y tân.'

'Ia, rhaid i ni fynd i'r gogledd pan fydd y tywydd yn
well.'

'Mam ...?'

'Ia?'

'Dwi isio aros adra efo chdi am dipyn.'

'Ocê.' Mae Cian wedi'i styrbio eleni ac angen i bopeth fod yn gyfarwydd. Does gen i ddim llawer o awydd am antur chwaith, felly rydan ni'n dau yn fodlon.

Sgimio'r stoc eto.

10.00 y bore: Surop ysgaw 'di oeri. Ychwanegu sudd a chroen dau lemwn a phaced o mascarpone a glasiad o win ysgaw. Eu cymysgu a'u rhoi yn yr oergell.

Rholio'r pestri yn ofalus a leinio hen, hen dun cacan Nain. Iwan yn iro ac yn byta mwy o fenyn na'i werth. Llenwi efo llus, siwgr a joch go dda o *gin* eirin tagu. Rholio caead, ei beintio efo wy, ac ysgeintiad go dda o siwgr mân. I mewn i'r popty.

Dwi'n diolch i Cian am ei 'help'. Mae'r ddau ohonon ni'n cwtsio, a Cian yn mynd yn ôl at ei gysur mwyaf – y teledu.

Reit, mae'n rhaid i mi gael gafael ar y bowlen gneud hufen iâ. Dechrau gwagio'r rhewgell, sy'n atgof o archeoleg goginiol fy mywyd. Stoc heb lebl, *calzones* (llysieuol neu gig, does gen i ddim cof), mafon fy nhad. Rhyw lolipop wnaeth Iwan yr haf diwethaf. O'r diwedd, dwi'n cael gafael ar y teclyn. Rhoi'r gymysgedd *mascarpone* ac ysgaw yn y peiriant i gymysgu am hanner awr.

Hidlo'r stoc. Rhoi'r hen esgyrn a llysiau yn y bin ailgylchu bwyd gorlawn.

Mae ffrind wedi dod i nôl Cian am y pnawn – diolch byth.

Cacan lus allan o'r popty.

Porc i mewn 'di'i rwbio efo halen a'i osod ar berlysiau o'r ardd a garlleg. Troi'r gwres i lawr.

⬱

5.00 yr hwyr: Tynnu'r porc allan.

Gloywi'r stoc. Dau wynwy (o'r toes bore 'ma), llond llaw o bysgodyn gwyn rhad, cenhinen, seleri, moronen a modfedd o sinsir wedi'i dorri'n fân iawn, dail garlleg gwyllt, balm lemwn. Rhoi'r cwbl i mewn i'r stoc oer, a'i gymysgu'n dda. Dod â fo'n araf at y berw, a'i adael i fudferwi am hanner awr. Yn araf bach, codi'r hylif euraidd efo lletwad a'i redeg trwy hidlwr wedi'i leinio efo lliain sychu llestri Nain (dathliadau priodas – priodas llwy bren, priodas aur, priodas dun, priodas berl). Ychwanegu joch o sieri a thafell o sinsir. Fydd neb yn ymwybodol o'u blas nhw, ond wrth yfed y cawl maen nhw'n eich cynhesu o'r tu fewn, fel cariad.

Pysgodyn. Pâr o ddraenogod y môr deubwys a hanner. Eu golchi nhw a'u draenio. Llithro rhwng fy mysedd chwithig. Eu sychu nhw efo papur cegin. Mae dyn y siop bysgod wedi'u llnau nhw'n dda, chwarae teg, ac wedi tynnu'r gwaethaf o'r cen pigog tryloyw. Er, does dim angen ffysian gan fod y cen a'r croen yn cael eu taflu yn y rysáit yma.

Mae gen i falm lemwn, garlleg gwyllt a sleisys o sinsir i'w rhoi yn ei ganol. Stwffio'r ceudwll – ei wasgu o i gyd i mewn fel bod y gwagle yn orlawn i rwystro'r halen rhag mynd i mewn i'r cig. Cymryd clamp o ddarn mawr o ffoil (dwi'n dal i deimlo'i fod o'n wastraffus, *luxury item* oedd o'n arfer bod, i'w ailgylchu). Rhoi haenen o halen Môn ar y ffoil, wedyn gosod y ddau bysgodyn ben wrth gynffon (fel fy mrawd a finnau yng ngwely plu Anti Gwen). Tollti digon o halen i orchuddio'r pysgod a thollti cwpanaid o ddŵr i wneud yn siŵr fod y gorchudd hallt yn caledu fel clawr carreg yn y popty.

Pèsols negres. Ffrio garlleg, ychwanegu deilen bae, glasiad o sieri, a chwpanaid dda 'di'i ddwyn o'r stoc clir wnes i'r bore 'ma. Gadael i'r *pèsols negres* ferwi nes eu bod bron yn sych. Ychwanegu darnau o gracling 'di torri'n fân. Mi orfodais i 'nhad i dyfu'r pys du. Roedd Caerdydd yn rhy gynnes, ac roedd y ddau ohonon ni wedi gwirioni ar y plateidiau o bys a chracling a fyddai'n cael eu gweini yn y pentref Sbaenaidd ar y bryn.

Dwi'n siŵr fod y plateidiau o bys yn ein hatgoffa o'n traddodiad teuluol o ddod at ein gilydd i fwyta ffa cynta'r tymor. Rydan ni i gyd yn eu tyfu bob blwyddyn, eu hau yn yr hydref. Roedd Nain yn eu tyfu hyd at ddiwedd ei bywyd, er mai dim ond stribyn o bridd, tair troedfedd o led, oedd ganddi yng nghefn y tŷ. Mae'r plant hynaf yn mynd allan i bigo'r ffa, a'r hen bobl a'u dwylo cnotiog crydcymalog sy'n dal i allu agor y codau trwchus yn arwain dwylo'r plant mân i wneud yr un fath ar eu gliniau. Llenwi'r sosban – dwylo crebachlyd ar ben dwylo bychain ifainc. Mae'r dynion yn cynganeddu. Mae'r merched yn cario stoliau

49

piano a chadeiriau barddol a hyd yn oed gadeiriau gardd,
ac yn gosod y bwrdd. Dwi'n cofio'r siom o gyrraedd fy
arddegau hwyr a sylweddoli mai dyma fy lle i – gweini
a chwcio. Mi driais i sgwennu englyn protest, ond mi rois
i'r gorau iddi ar ôl y llinell gyntaf a phwdu. Wnaeth neb
sylwi. Eistedd rownd y bwrdd i fwyta cnwd cyntaf y tymor
yn fenyn sgleiniog efo tamed o gig moch ar ymyl y plât.
Dathliad dienw, disentiment.

Dwi'n tynnu crwyn y ffa ifanc a'u stemio'n sydyn, yna eu
gorchuddio â menyn a chymysgu tafelli bychain tenau o
ham Caerfyrddin i mewn iddynt. Bydd y pys a'r ffa yn
cael eu gweini efo'r pysgodyn fel prif gwrs yng nghartref
Neus.

Dwi yng nghegin fach Neus, ar y stryd nesaf i mi yn y
ddinas. Mae'n fach ac yn sgwâr fel hithau, ac yn llawn
cymeriad ei mamwlad. Llestri pridd mawr lliwgar, lloriau
teils a phren o'n cwmpas. Bwyd a bocsys wedi'u gosod yn
flêr yn yr ystafell gynnes glostroffobig. Un bocs yn llawn
tomatos, a'r llall yn llawn orenau. Mae hi wrth ei bodd yn
mynd i farchnad fasnachol Bessemer Road i gael bargen.
Heddiw fe aeth hi i brynu pysgodyn mawr. Mae hi wedi
tynnu'r asgwrn, rhewi'r cig ac wedi berwi'r esgyrn a'r
pen (a, dwi'n amau dim, wedi begera cwpwl o bennau
ychwanegol) i wneud stoc.

Dwi'n eistedd ar stôl drithroed o'r fferm, hen stôl odro efallai, yn siarad a gwylio Neus yn afieithus greu'r pryd, sydd wastad yn troi yn ddathliad teuluol meddwol braf.

Dan ni'n siarad yn y gegin. Byth siarad gwag – marwolaeth, celf efallai, ac yn anochel bydd hi'n pregethu am ryw anghyfiawnder ofnadwy honedig. Dwi'n gwbod nad oes diben i mi fynegi barn ar ei thraethu – dim ond cytuno yn dawel. Does dim byd rhesymegol am ei chŵyn na'i dadleuon yn aml, dim ond llifeiriant o angerdd dieithr (i mi) a chynddaredd.

Wrth fyfyrio neu wylltio dydi hi byth yn peidio symud. Torri nionyn, rhoi tri thomato mewn dŵr berw cyn tynnu'r croen a'u torri'n fân. Rhoi'r cwbl i ffrio'n araf mewn padell paella efo olew'r olewydd, cyn ychwanegu reis o fag mawr brown dienw. Ar ôl i'r reis ffrio am gwpwl o funudau mae hi'n ychwanegu darn bach o bysgodyn gwyn. Mae hwn yn mynd yn ddarnau mân, mân wrth gwcio ac yn gweithio fel glud i dynnu'r reis at ei gilydd. Wedyn mae'n llenwi'r badell efo'r stoc pysgod berw, halen (byth bupur). Dydi hi'n gwneud dim rŵan am chwarter awr, dim ond gadael iddo fudferwi heb ei droi o gwbl (fel y basa rhywun efo risotto).

Mae hi'n estyn un o sosejys sych ei mam. Mae'r plant yn gwbod yn reddfol fod bwyd ar gael ac yn powlio i mewn i'r gegin am sleisys tenau o sosej wedi'u torri ar floc o bren efo pant yn ei ganol – ôl blynyddoedd o dorri danteithion anifeilaidd cymdeithasol.

Mae'r ffôn yn canu. Mae'r alwad i fi. Mae'n stumog i'n troi. Mae 'ngŵr wedi bod yn chwilio amdana i. Mi fu'n ffonio'r tŷ'n methu deall lle roedden ni. Dwi'n mynd 'nôl

*at Neus a deud wrthi y bydd rhaid i ni fynd adref yn syth
ar ôl bwyta. Mae hi'n ddiamynedd, a diddeall fel arfer.
Dydyn ni byth yn sôn am ein gwŷr. Byth yn siarad am
pam dwi'n ofnus.*

*Mae'r plant yn diflannu a Neus yn rhoi corgimychiaid
anferthol ar ben y* paella *i gwcio yn y stêm a'r stoc. Ar ôl
iddyn nhw gael pum munud, mae'n eu tynnu allan eto ac
yn dechrau'r gwaith o droi'r* paella*, gan ei fod bron yn sych
bellach. Y tric ydi troi a chrafu, gan adael i'r reis sticio
dipyn bach ond ddim gormod bob tro (yn debyg i wneud
wy 'di'i sgramblo). Mae hi'n dawnsio 'nôl ac ymlaen o
flaen y badell anferthol er mwyn codi a chrafu pob rhan.
Mae ei breichiau cryfion yn arwain a phrocio'r reis yn
ddi-baid – yn hudo'r pryd – yn hanner dawns a hanner
cleddyfaeth. Mae Neus wastad yn deud mai darn gorau'r*
paella *ydi'r darn 'di llosgi ar y gwaelod ac y byddai hi a'i
brodyr a'i chwiorydd yn ymladd i gael crafu gwaelod y pan.
Fel ninnau efo croen pwdin reis, pwy bynnag oedd yn cael
crafu ochrau brownddu'r bowlen bwdin oedd yn gorfod
golchi llestri. Pys wedi dadmer wedyn a'r corgimychiaid
'nôl i gnesu.*

*Mae'n galw pawb, ac yn cario'r pryd i ganol y bwrdd i
bawb helpu'u hunain. Dyma oedd ei chinio dydd Sul adref
ar y fferm. Dwi'n ymwybodol fod fy ngŵr ar ei ffordd yn
ôl o ymweld â'i fam yn Lloegr. Fedra i ddim ymlacio. Mi
fydd o'n siomedig ei fod wedi colli'r pryd.*

*Dwi'n cofio'r haf diwethaf pan oeddwn i'n aros yn nhŷ
arall Neus yn y pentref bach ar y bryn ym mynyddoedd
Sbaen. Penderfynodd Kim (oedd adref o Barcelona ac*

yn gogydd yno) wneud Paella de Montaña *i bawb yn y pentref. Roeddwn i wedi sylwi ar y pydew anferthol y tu ôl i seleri priddlawr yr eglwys (lle byddai'r plant yn chwarae tennis bwrdd yn ystod gwres tanbaid y prynhawn, neu pan fyddai stormydd dramatig yn taro). Doedd gen i ddim syniad beth oedd o tan i mi weld y dynion yn creu tân coed ynddo fo bore 'ma. Ro'n i'n meddwl mai hen ffynnon wedi'i llenwi efo rwbel oedd o. Maen nhw'n gadael i'r tân losgi'n danbaid nes iddo droi'n olosg cyson. Yna rhoi'r badell fwyaf anferthol welais i erioed arno, yn fwy na bwrdd cinio. Maen nhw'n dechrau ffrio adar gwyllt, cwningod, pob math o sosej a phwdin gwaed. Nionyn, reis ac wedyn crochanau o stoc, cnau almwn 'di'u torri'n fân a photelaid o win. Wedyn, eistedd o amgylch y pydew yn siarad, gan adael i'r tân wneud ei waith. Yn y cyfamser, mae Kim yn gwneud saws Romesco coch efo cnau Ffrengig, ac yn defnyddio hen botiau mêl ei dad i ddidoli llond llwy fwrdd ym mhob un i'w pasio'n hwylus i fyny ac i lawr y byrddau. Mae merched y pentref erbyn hyn yn estyn pum bwrdd tresl pren hynafol, a meinciau hir, a'u gosod ar y teras dan do, tu ôl i'r eglwys. Mae golygfa anhygoel o'r cwm ffrwythlon oddi tanom ni. Ymhen hanner awr daw'r pentref cyfan, yn cario diodydd i'r plant a photeli o win, i gydfwyta'r cinio dydd Sul. Mae'n rhaid i bawb wasgu'n dynn at ei gilydd ac mae digon o dynnu coes. Mae'r dynion yn rhoi'r bwyd ar blatiau a chaiff ei basio o law i law i lawr y byrddau. Wedyn mae'r plant yn cael mynd i'r* hostales *at Marie Angels i gael hufen iâ, tra bod yr oedolion yn dechrau canu hen ganeuon protest o'r chwedegau, a'r gwin*

yn llifo. Mae 'ngŵr yn cilio'n swta, swrth i'w wely, gormod
o gystadleuaeth iddo fod yn ganolbwynt y dathlu. Gwn y
bydd yn well i mi ei ddilyn, a chadw'r plant yn dawel.

Dwi'n pacio'r bwyd yn y goets, gwaith diwrnod cyfan o
goginio. Hen goets ydi hi ddefnyddiodd Neus ar gyfer
Albert a Clara. Mi roddodd hi ei menthyg i mi, a chroen
dafad meddal i Cian orwedd arno pan gafodd ei eni.

Dwi wedi defnyddio'r goets droeon i gario picnic poeth o'r
tŷ i'r parc. Ar ddydd Sul mae'n rheidrwydd arna i goginio
darn o gig neu bysgodyn cyfan. Hen ffasiwn, mi wn, ond
dwi'n teimlo'n amddifad heb ginio dydd Sul o ryw fath, ac
erbyn hyn mae'r plant wedi'u cyflyru i deimlo'r un fath. Pan
mae'n braf rydw i'n codi'r ffôn, ac yn estyn croeso i Neus
a'r teulu ddod i rannu cinio Sul. Mae hithau'n grediniol
ein bod yn hollol gigysol, gan mai dim ond ar ddydd Sul
mae gen i ddigon i fwydo pawb. Dwi wedi perffeithio'r
dechneg. Lapio'r cig neu sewin cyfan mewn ffoil, ac yna
bapur newydd. Llysiau wedi'u tangwcio ychydig yn y
stemar ar waelod y goets, nesa at y llestri a'r cyllyll a ffyrc.
Grefi neu saws drwy dwmffat ac i mewn i fflasg. Yn olaf,
pan mae pawb yn barod i fynd – tynnu'r tatws rhost o'r
ffwrn a'u gadael yn y badell rostio a'u gorchuddio efo hen
flanced sydd gen i ers pan oedd Rhys yn fabi. Cythru am y
parc yn gweddïo na fydd damwain ar ymyl pob pafin. Yn y

gaeaf mi oedden ni'n cael te picnic bob Sul, sef blanced ar lawr y stafell fyw a brechdanau cig (y gweddillion o'r pryd ganol dydd), creision, ffrwythau 'di'u sleisio, cacen a phop ysgaw efo sleisys o lemwn a rhew ynddo. Yn aml byddai Cian yn gwahodd milodfa o deganau meddal i ymuno â ni ar y llawr. Wnes i roi'r gorau i'r arferiad yma'r llynedd, blwyddyn olaf ein priodas, ar ôl dadl am flas y creision caws a nionyn neu halen. Dwi ddim yn gwbod pam, ond wnes i ddim ildio. Mi ddangosodd o'i ddyrnau, a phan droion nhw ar Cian, mi adawon ni'r tŷ. Roeddwn i'n gwybod yn reddfol nad oedd o'n syniad da i fynd at Neus, ond lle arall yr awn i heb ypsetio'r plant fwy nag oedden nhw'n barod? Mi dreulion ni awran anghyffyrddus yn aros am y cyfle i adael. Erbyn i ni ddod 'nôl, roedd o wedi clirio'r picnic, ymddiheuriad yn ei iaith o am wn i.

***

Dwi'n rhoi cyfarwyddiadau ar y bwydydd efo labeli *post it* melyn. Dod â'r stoc i'r berw ac yna rhoi'r stemiwr sy'n llawn cocos ar ei ben am bum munud. Rhoi'r sosban yn gyfan ar y bwrdd efo lletwad i bawb helpu'u hunain. Rhoi'r *sorbet* ysgaw a mascarpone yn syth yn y rhewgell (mae o'n dal yn y bowlen rewllyd, sy'n gweithio fel fflasg, ar hyn o bryd). Mae popeth arall wedi'i lapio mewn lliain a phapur newydd, y pysgodyn yn dal i gwcio'n araf yn ei orchudd o halen. Cofio cynnwys potel o win ysgaw. Dwi'n gwbod y gwneith fy nghyn-ŵr ei fwynhau, mae ganddo ddant melys.

Dwi'n deud hwyl fawr wrth Rhys.

'Ti' siŵr bo' chdi'n mynd i fod yn iawn, Mam?'

'Byddaf, grêt. Neis peidio cael hangover ar ddiwrnod cynta'r flwyddyn. Tisio mynd â seidar efo chdi?'

'Fydd gan Albert ddigon i yfed.'

'Sgen ti oriad i ddod mewn? Fydda i'n cysgu pan ddoi di'n ôl.' Dwi'n gwybod yn iawn y bydda i'n effro, a sŵn y tân gwyllt a'r dathlu yn fy myddaru.

Dwi'n troi'n ôl at y gegin dawel i ddechrau ar y clirio a'r llnau. Gwneud yn siŵr fod popeth yn ôl yn ei le. Pethau ofnadwy 'di partis.

MYND GYDA'R LLIF

Geraint Lewis

Pethau ofnadwy ydy partis. Pethau peryg. Does wybod pwy wnewch chi gyfarfod.

Daeth y gwahoddiad mewn e-bost:

m.walters@fymyd.com
At: Daf, Eirian, Llio, Jerry, Angela, Llinos, Sioned, Dennis …
a 58 arall.

> Hoffai Myfanwy a Paul Walters
> eich gwahodd i ddathlu eu priodas arian
> Clwb Rhwyfo Llandaf,
> nos Sadwrn 1af o Ragfyr 2012, 7.30 y.h. tan hanner nos.
> Gwisg ffansi, wedi'i seilio ar unrhyw berson o fyd ffasiwn,
> pop neu chwaraeon ers 1960.
>
> RSVP erbyn Tachwedd 16eg

Drychwch, dwi'm yn rhyw flodyn swil, ddim o bell ffordd. Dwi'm yn un i guddiad mewn cornel. Ond mae'n gas gen i bartis. Ac o'r holl bartis dan haul y parti gwisg ffansi ydy'r un dwi'n ei gasáu fwya. Mae o jest yn *weird*, tydy? Fel bod yn glown am noson. Tynnu sylw atoch chi'ch hun am y rhesyma rong i gyd.

Felly dwi'm yn meddwl fod Myf 'di synnu nad oedd hi 'di cael rhyw ymateb *s'il vous plaît* oddi wrtha i a phrin wythnos i fynd. Taswn i wedi medru cael get awê ag o, faswn i ddim wedi mynd. Ond yn oes Facebook a Twitter mae'n amhosib cuddio, tydy? Fel cael rhyw gamera gwyliadwriaeth yn cadw golwg arna chdi bob awr o'r dydd, yn nodi pob cam. Yn y diwedd, wedi i mi lwyddo i'w hosgoi gora medrwn i ar-lein dyma hi'n troi at yr hen alwad ffôn.

'Ti'm yn cael un o dy gyfnodau gwirion di eto, nac wyt?'

'Na,' meddwn i, mewn goslef oedd yn awgrymu nad oedd gen i syniad am be oedd hi'n sôn, wir.

'Ti'n gwybod be dwi'n ddeud. Pan ti'n gwrthod siarad â neb, heblaw am declynnau'r gegin.'

'Na.' Ddim mor bendant y tro hwn. Ty'd 'laen, Helen, fedri di neud yn well na hynna.

'Ti'n mynd yn niwrotig, dwyt? Ti'n meddwl bod y peiriant golchi'n siarad efo chdi a bod yr ysgol i dy atig yn anfon neges i chdi.'

Yn ddigon trist, roedd hyn i gyd yn wir. Os nad oeddan nhw'n dda i unrhyw beth arall, roedd hen ffrindiau yn gwybod sut i roi swadan go hegar i chi, a'ch rhoi chi yn eich lle.

'Ti'n gwybod be dwi'n feddwl amdana chdi'n byw ar dy ben dy hun. Wn i dy fod ti 'di'i neud o ers blynyddoedd ond tydy o'm yn siwtio chdi, a ti'n mynd yn waeth os rhywbeth. Jest deud wrtha i fo' chdi'n dŵad i'r parti. Gei di aros efo ni, wrth gwrs, fel arfer.'

'Ia, iawn, wrth gwrs fydda i yno,' atebais, yn wan.

'O'n i'n bwriadu rhannu anrheg efo Anwen. Noson mewn gwesty i chdi a Paul, un o'r tocynnau "Mr & Mrs Smith" yna.'

'O, bydd hynna'n lyfli. Diolch am y sypréis!'

'Wel, o'n i isio tsiecio gynta. Gas gen i brynu anrhegion i bobl sy ddim yn 'u licio nhw yn y diwedd. Dwi heb siarad efo Anwen eto, ond dwi'n siŵr bydd o'n iawn efo hi.'

Anwen oedd y trydydd aelod o'n giang, fel petai. Yr unig un i aros ym Mhorthmadog. Roedd y tair ohonon ni'n nabod ein gilydd ers yr ysgol feithrin. Fydden ni'n mynd i ffwrdd i rywle efo'n gilydd bob blwyddyn, am benwythnos hir, fel arfer, yn ail wythnos mis Mai.

'Dwi'n credu nei di fwynhau'r parti,' parhaodd Myf, 'a ma' gen i sypréis bach i chdi.'

Teimlais fy nghalon yn suddo. Roedd 'sypréis bach' Myf fel arfer yn golygu rhyw ddyn hollol anaddas.

'Dwi'm yn deud ei fod o'n *suitor* fel y cyfryw. Ond mae o'n neis iawn. Mynd trwy ysgariad. Mae ei wraig o 'di mynd i ffwrdd efo'r bildar oedd yn adeiladu estyniad i'r gegin. Optegydd o'r Eglwys Newydd ydy o ... Iwan. Mae o 'di colli gymaint o bwysa.'

Roedd hyn yn nodweddiadol o Myf. Ar fy marw, mi wnaeth hi wir ddefnyddio'r gair *suitor*. Fel 'swn i'n un o'r merched Bennet yn *Pride and Prejudice*. A'r dynion rhyfedd oedd hi'n nabod. Ble oedd hi'n cael gafael arnyn nhw? Mewn sêl hanner pris yn Wankers R Us? Roedd hi'n iawn am fy fflat, serch hynny. Er ei fod o mewn lleoliad gwych yn Clapham, ar gyrion y parc, a fy mod i wedi hen dalu'r morgais, mae'r lle yn rhoi'r felan i mi weithiau. Mae hi 'di bod yn fy annog i gael ci. Neu lojar. Y drafferth ydy bod yn gas gen i anifeiliaid. A phobl hefyd, 'sa hi'n dod i hynny.

Dwi'n ffonio un o fy ffrindiau Llundain, Amanda, sy'n gweithio ym myd ffilmiau, a gofyn iddi awgrymu lle hurio gwisgoedd. Sonia am rywle heb fod yn bell o Sloane Square. Ac ond i mi ddeud 'mod i'n ffrind iddi hi, ella gaf i ddisgownt. Mae miloedd o wisgoedd yno. Archarwyr. Blaidd-ddynion. Fampirod. Mary Poppins. Little Bo Peep. Ydy Little Bo Peep yn eicon ffasiwn? Yn y diwedd daw hi'n ddewis rhwng dwy flonden. Un o'r As yn Abba neu'r flonden fwya enwog erioed, Marilyn Monroe.

Gofynnaf i'r boi tal, hoyw tu ôl i'r cownter ydy Marilyn Monroe yn eicon ffasiwn yn ei dyb o. Mae o'n sbio ar ei wats ac yn ateb bod ganddyn nhw'r ffrog wen enwog gyda'r nicers i fatsio os dwi isio'u trio nhw amdanaf.

Y drafferth ydy, dydan nhw heb roi 'ffilm' i lawr fel categori yn y gwahoddiad, meddwn innau. Mae o'n sbio ar ei wats eto. Dwi'n sbio ar fy wats innau. Mae'n rhaid ei fod o'n *catching*. Chwarter i chwech. Maen nhw'n cau am chwech. Chwara teg, mae'r boi yn ymddiheuro am sbio ar ei wats ac yn sôn 'i fod o'n dal awyren o Heathrow. Mynd ar ei wylia i Fahrain, felly bydd rhaid iddo fo gau yn brydlon, am chwech. Wneith o ffeindio cwpwl o ffrogiau Marilyn i mi os dwi isio. Nodiaf a gafaelaf mewn trowser siwt las, debyg i'r un a wisgai'r flonden yn Abba. Faswn i isio wig hefyd? Na, 'swn i'n ocê heb un. Jyst. Ond dwi'n colli fy limpin yn yr ystafell newid. Mae'r ffrogiau Marilyn yn llawer rhy fach a dwi'n methu mynd mewn i'r trywsus Abba. Dwi'm yn cael fy nisgownt wedi'r cwbl gan nad ydw i'n hurio dim yn y diwedd.

Er bod yr ysgol i'm hatig wedi syrthio i lawr eto, ceisiaf fy ngorau glas i gadw'n cŵl. Dwi'n benderfynol o beidio meddwl am y neges o'r ysbyty ar y peiriant ateb chwaith. Yn hytrach, meddyliaf am bobl enwog yn y byd pop. Basa hurio dillad yn ychwanegu o leia deugain punt i fil y penwythnos. Fedra i ddim bod yn fwy creadigol 'dwch? Beth oedd y pwynt cael lefel-O mewn tecstiliau, Helen, os dwyt ti ddim yn defnyddio dy ddychymyg?

Wedi i mi syrffio'r we am dwn i'm faint o amser, oriau mae'n siŵr, dwi'n dewis Madonna. Pam lai? Dwi'n hoffi ei chaneuon hi ac yn edmygu'r ffordd mae hi 'di ail-greu'i hun o'r newydd mewn cymaint o wahanol ffyrdd. A dyna'n rhannol 'di'r broblem. Pa Fadonna i ddewis? Wel, nid y Madonna bronna pwyntiog *Blonde Ambition*, mae'n amlwg. Na'r Madonna fel gwyryf chwaith. Yn bendant ddim yr un gwallt ffliclyd disgo, dawnsio mewn leotard. Y Madonna gothig, ysbrydol? Na, diflas. 'Swn i byth yn cael get awê efo'r Madonna chwantus, rywiol chwaith. Ti'n bum deg dau, Helen. Callia. Ond paid callio gormod chwaith. Yn y pen draw dwi'n setlo ar y Madonna hwyliog a welwyd yn *Desperately Seeking Susan* tua 1985. Ma' gen i *head-band* a wnaiff y tro i'r dim ac os bryna i ddarn o les du ac ychydig o glustdlysau rhad dylwn i fod yn iawn.

Arllwysaf jin a thonic mawr i mi fy hun i ddathlu wrth wrando'n astud ar y peiriant golchi. Mae angen oelio rhywbeth, 'na i gyd. Mae'n wirion. Myf sy'n iawn. Tydy o ddim yn deud 'helô' bob tair eiliad. Peiriant golchi ydy o!

Cyrhaeddaf dŷ mawr Fictoraidd Myf yn Llandaf yn hwyr yn y pnawn, wedi i mi ddal y trên o orsaf Paddington. Mae'r drws ffrynt yn gilagored ac mae tipyn o westeion yno'n barod, y teulu yn bennaf. Mae cryn dipyn o bobl wedi casglu o gwmpas sgrin y teledu sydd ar wal yr ystafell ffrynt, yn gwylio'r gêm rygbi ryngwladol rhwng Cymru ac Awstralia. Sylwaf ar sawl wyneb llawn tyndra. Mae rhai o'r dynion, gan gynnwys Paul, yn cnoi eu hewinedd. Cymru sydd ar y blaen ac rydan ni heb guro Awstralia ers meitin, mae'n debyg. Tafla Paul wên i'm cyfeiriad ac amnaid fach o gydnabyddiaeth, cyn ailffocysu ar y sgrin. Mae Bedwyr, gŵr Anwen, yno hefyd, er dwi'm yn 'i nabod o'n syth bìn oherwydd, yn ddryslyd braidd, mae o eisoes yn ei wisg ffansi. John Lennon annhebygol iawn ydy Bedwyr, sy'n ffermwr pymtheg stôn o ochra Rhoslan, er bod ei wig a'i sbectol yn arbennig, chwara teg. Mae gynno fo gan o lager yn ei law ac mae o'n ei godi fel rhyw fath o 'helô' cyn iddo yntau hefyd ddychwelyd at y gêm. Er 'mod i'n dod ymlaen yn lled dda efo'r ddau ohonyn nhw, wn i o'r gora fod Paul a Bedwyr yn meddwl 'mod i'n ddylanwad drwg ar eu gwragedd. Sy'n ddigon teg, am wn i, am ei fod o'n wir fwy na thebyg.

Gadawaf gywair tawel, llawn tyndra'r ystafell ffrynt a chanfod Myf yn y gegin yn agor potel fawr o Prosecco. Mae hi'n arllwys gwydred i rywun wedi'i gwisgo fel Yoko Ono. Yna mae hi'n fy ngweld i ac yn rhuthro draw i roi coflaid wresog i mi.

'Helen!'

'Jest fel ti 'te, 'di'n clywed ni'n agor y *fizz!*' meddai Yoko, sef Anwen dwi'n sylweddoli rŵan, wrth iddi hithau hefyd fy nghofleidio. Mae hi'n pwyntio at ei *kimono* ac yna at ei wig. 'Ffeindion ni le hurio dillad ym Mangor, a gostiodd o gymaint nes bod Beds 'di mynnu bod ni'n newid yn syth bìn pan gyrhaeddon ni, i gael gwerth ein pres.'

'Mae'r thema "pop" 'di cydio,' ychwanega Myf. 'Dwi'n mynd fel Annie Lennox ac mae Paul yn mynd fel Dave Stewart.'

Mae hi'n sylwi ar fy ymateb dryslyd.

'Ia, wn i, wn i. Maen nhw 'di gwahanu, ond yr Eurythmics oedd ein band ni, felly oeddan ni isio dathlu hynny.'

'Sisters are doing it for themselves,' meddai Anwen mewn rhyw acen uffernol mae hi'n credu ei bod hi'n ymdebygu i un Yoko Ono, mae'n rhaid.

Yn sydyn fe glywn ni weiddi anobeithiol ac 'Oooooo' hir a phoenus yn dŵad o'r ystafell ffrynt. Mae'r tair ohonom yn mynd yno i ganfod achos y poendod. Mae Awstralia wedi sgorio cais yn y funud olaf ac wedi ennill y gêm. Gan geisio codi calonnau pobl, dywed Myf wrthyn nhw am edrych ar yr ochr gadarnhaol. O leia ma' gin bawb esgus da rŵan i feddwi'n gaib heno 'ma. Taflaf innau fymryn o dân gwyllt i'r stafell trwy ddatgan mewn llais uchel, 'Dim ond gêm ydy hi 'te.' Sylla Paul arnaf yn geryddgar. Mae Anwen / Yoko yn fy nharo yn fy asennau â'i phenelin a deud wrtha i am fihafio.

Mae'r parti ei hun yn dechrau'n ddigon addawol a chaf gyfle i gyfarfod â rhai hen ffrindiau ysgol o Bort dwi heb eu gweld ers blynyddoedd, a rhai o ffrindiau Caerdydd Myf hefyd. Mae 'na rychwant eang iawn o 'gymeriadau' i'w gweld yno. Mae dau o'r cyfreithwyr iau sy'n gweithio efo Paul wedi dod fel Jedward. A sylwaf ar dri John Lennon a dwy Heather Jones. Neu falle mai Blondie yw un o'r Heathers, mae'n anodd deud. Mae cymydog drws nesa Myf yn edrych yn real coc oen mewn *romper suit* wen ac mae gynno fo wallt llachar, oren a stribed coch ar draws ei wyneb. Daw mor agos ata i nes 'mod i'n medru sylwi ar ei golur o'n rhedeg ac mae'n deud wrtha i fod gynno fo sawl cefnder yn Llundain. Yn wir, roedd un ohonyn nhw, David James, yn yr un dosbarth ysgol â David Jones, sef David Bowie. Mae Albanwr, sy'n ffrind i Paul, wedi ei wisgo mewn siwt tartan ac mae gynno fo wig Rod Stewart. Mae'r rhan fwya 'di neud ymdrech ac mae pawb yn canmol fy Madonna. 'Pop' ydy'r categori mwya poblogaidd o bell ffordd, gyda dim ond Twiggy hyd y gwela i, Susan styllen o denau o Dremadog, damia hi, yn cynrychioli ffasiwn hyd yma. Wrth i mi ddechrau meddwl nad ydy chwaraeon 'di'u cynrychioli yma o gwbl, daw seiclwr cyhyrog mewn gwisg lycra â chwistrell yn sticio allan o'i helmed draw ataf, gan ysgwyd fy llaw.

'Haia, Helen ife? Iwan y'f i,' meddai, ychydig yn nerfus, cyn ychwanegu, 'Neu falle ddylen i ddweud Haia Madge, Lance y'f i.' Yn sydyn, fel pe bai'n bêl yn cael ei lansio mewn peiriant *pinball* mae Myf wedi'i hyrddio'i hun rhyngddon ni.

'Wyddwn i ddim, ym … wsti, haia Iwan, o'n i heb sylweddoli 'i fod o wedi dod fel seiclwr, wir yr,' meddai mewn rhyw lais ffalseto anghyfarwydd, braidd yn orffwyll, gan sbio arna i ac yna ar Iwan ac yna'n ôl ata i. Dwi'n rhyddhau Iwan o'i ddryswch.

'Mae'n iawn,' meddaf. 'Mae Myf 'di mynd bach yn boncyrs achos roedd fy *ex* i yn seiclwr brwd. Gath o ei ladd ar ei feic … ei daro gan fws.'

Mae Iwan yn cochi. Mae hyd yn oed ei fwstásh yn newid lliw, er ella mai rhyw dric efo'r golau'r disgo ydy hynny.

'Doedd o ddim i wybod, nac oedd?' ychwanega Myf yn ddiangen. 'Wnes i'm deud wrtho fo am Mike.'

'Mae'n iawn,' meddaf eto. 'Pam fyddet ti? Mae o bron ddeng mlynedd yn ôl rŵan.'

Yn ysu am gael newid y pwnc dwi'n deud wrth Iwan nad o'n i'n sylweddoli fod gan Lance Armstrong fwstásh.

'Wy 'di bod yn tyfu hwn ar gyfer elusen, trwy *Movember*, neu falle ddylen i ddeud Tash-wedd, ha.'

Mae o'n sylwi nad ydw i'n chwerthin ar ei ymdrech dila i fod yn ddigri.

'Falle dylen i gael gwared ohono fe, nawr bo' hi'n Rhagfyr.'

'Ia, ti'n edrych lot gwell hebddo fo. Ac mae'n gas gan

Helen ddynion efo mwstashys,' meddai Myf, yn helpu dim.

'Neu ferched efo mwstashys,' ychwanegaf, sydd o leiaf yn tynnu gwên i wyneb Iwan. Dwi'n deud yn gyflym 'mod i am flasu peth o'r *mulled wine* a dwi'n ei throi hi reit handi am y bar.

Yn nes ymlaen, yn ystod yr areithiau, o ran cwrteisi i Myf yn fwy na dim, eisteddaf wrth ymyl Iwan wrth y prif fwrdd. Does yr un ohonom ni'n cymryd fawr o sylw o'n gilydd, gan raddol waredu'r bwrdd o'i win rhad ac am ddim. Dan ni'n gwrando ar Paul, ac yna Myf, yn canmol ei gilydd, a'u 'plant', ill dau'n oedolion rŵan, Siwan a Rhodri. Synnaf fy hun wrth i mi ganfod fod fy llygada'n llenwi efo dagrau. Mae Myf yn sôn am ba mor hapus mae hi 'di bod a pha mor lwcus oedd hi i gyfarfod â Paul yn y brifysgol dri deg tri o flynyddoedd yn ôl. Wir Dduw, mae'r ddau ohonyn nhw, Myf a Paul, Annie a Dave, yn dal dwylo'i gilydd â'r fath gyffro fedrech chi dyngu mai newydd gyfarfod maen nhw. Dyla fo godi cyfog ar rywun, ond mewn gwirionedd mae'n edrych yn wych. Dwi'n tynnu sawl llun ar fy i-ffôn.

Fflachia ambell ddelwedd trwy fy mhen fel ysbrydion yn dawnsio. Myf, Anwen a minnau i lawr wrth yr afon, yn sugno Love Hearts ac yna tynnu'r fferins o'n cega a gwylio'r negeseuon yn diflannu. Fy hoff un i oedd 'Hug Me' a ffefryn Myf oedd 'Real Love'. Wela i Myf hefyd yn torri'i braich pan oedd hi'n wyth oed, yn llithro ar iard yr ysgol yn chwerthin gormod wrth sgipio. Anwen wedyn yn dod o hyd i ryw heliwm yn rhywle, i chwythu balŵns, a minnau'n siarad fel Minnie Mouse. Neu'r tair ohonon ni'n ymladd dros recordiau finyl (recordiau finyl!) yn Recordiau'r Cob ar bnawn Sadwrn gwlyb. Pedwaredd flwyddyn, yn smygu'r holl ffordd adra, yn dadlau am ba mor cŵl, neu beidio, oedd Meic Stevens. Gwelaf lygada brown, dyfrllyd Myf ar fore braf o Fai'n syllu ar y Blue Lagoon ger Abereiddi wrth iddi ddeud wrtha i ac Anwen 'i bod hi'n feichiog (efo Siwan). Dwi hefyd yn gweld Paul meddw'n ceisio fy nghusanu yn eu baddondy nhw, yn ystod parti i ddathlu dymchwel Wal Berlin.

Ddeudes i, yn do, pethau ofnadwy ydy partis.

Wnes i erioed ddeud wrth Myf chwaith, am Paul. I be? Ypsetio hi am rywbeth dydi o fwy na thebyg ddim yn ei gofio p'un bynnag. Gladdais i o am flynyddoedd a tybed pam 'i fod o 'di dod i'r wyneb heno, o bob noson? Mae o mor bell yn ôl, weithia dwi'n meddwl mae ei ddychmygu o wnes i. Ond mi wn i iddo ddigwydd hefyd go iawn ac nad breuddwydio wnes i. Er, mi oedd yna ryw deimlad breuddwydiol i'r holl beth rywsut, gyda manylion bach yn gwthio'u hunain i'r wyneb, fel heno 'ma. Y drewdod garlleg ar anadl Paul. Y ffordd wnaeth o afael, mor dynn, yn fy mhen-ôl, wrth iddo 'nhynnu i tuag ato.

Ond mae o i gyd yn ddŵr dan bont i mi rŵan, a gwenaf a chwifiaf fy llaw ar y cwpwl hapus wrth i mi gerdded o gwmpas y 'selébs' amrywiol yn y stafell. Edrychaf am boteli gwin heb eu gorffen, i dopio 'nrinc i fyny wrth wrando ar bytiau o sgyrsiau.

'Chwarter canrif. Ti'n cael llai na hynna am ladd rhywun dyddiau 'ma,' meddai rhywun ag acen y Rhondda sy'n edrych fel Meatloaf.

'Mae'r cyfrifoldeb yn anferth. Rhaid cael yr ystadegau'n iawn. Ni'n aml yn cael ein dyfynnu gan y llywodraeth, chwel. Wy'n synnu bo' chi heb glywed amdanon ni. Falle bo' chi'n nabod ni fel yr ONS, yr *Office for National Statistics*? Ma' fe yng Nghasnewydd. Wy'n dwlu ar Gasnewydd, gyda llaw.'

Ella 'mod i'n rong, ond dwi'n meddwl mai Mick Jagger ydy'r boi diflas ystadegau.

'Ia, tydy o heb fod yn anodd mewn gwirionedd. Dwi'n sicrhau nad ydw i'n cael mwy na phum can calori o leia un diwrnod o'r wythnos,' meddai rhyw *diet bore,* yn trio pasio'i hun fel Paul Weller, dwi'n amau.

Fedra i'm diodda rhagor o'u sgyrsia marwaidd a phan darana cân Caryl 'Calon' dros lawr y disgo dwi'n gwingo wrth feddwl am eironi creulon y geiria, o gofio be gefais i wybod yn yr ysbyty ddoe. Cerddaf allan i'r feranda am ychydig o awyr iach. Edrychaf draw ar silwét Ysgol Glantaf, yn cuddio tu ôl i res o goed noeth 'run fath ag ysguba gwrachod ar y gorwel inclyd. Teimlaf ryw gynddaredd cyfarwydd yn corddi tu fewn i mi, fel llosgfynydd ar fin ffrwydro. Am eiliad dwi'n meddwl ei bod hi'n dechrau bwrw eira. Rhoddaf fy llaw allan i ddal rhywbeth yn syrthio i'r llawr. Ond nid pluen eira ydy hi, ond pluen go iawn. Dwi'n ei gosod hi yn syth yn fy mag, bron fel 'swn i wedi ei dwyn hi.

Teimlaf rywun yn taro fy ysgwydd a throf i weld

Iwan, yn dal hambwrdd ag un llaw, efo dau jin a thonic mawr arno fo.

'Wedodd Myf taw 'na beth ti'n licio, *G and T*,' meddai, gan roi'r hambwrdd i lawr ac estyn gwydraid i mi.

'Sut mae'n gweithio 'lly? Oes ganddi hi ffeil arna i? *Dossier* ma' angen i chdi ei ddarllen gynta? Oes 'na gyfweliad ffurfiol?'

Edrycha Iwan yn ddryslyd. Mae o'n gallu synhwyro'r dicter yna i, yn dod allan fel llid y llwfrgi – eironi. Tydy hi ddim yn helpu, wrth gwrs, bod Myf yn gweithio i asiantaeth recriwtio.

Diolch i'r drefn, sylwaf fod ei fwstásh wedi diflannu. 'Dy fwstásh … sut wnest ti …?' dechreuaf.

'Holes i am gyllell siarp ac es i â bach o'r hufen oddi ar y *Black Forest gâteau* gyda fi i'r tŷ bach.'

Chwarddaf ryw chwerthiniad nerfus. Chwerthiniad dieithryn.

'Felly … Mike … ti dal i feddwl amdano fe?'

Sut fedra i ateb hyn? Ty'd 'laen, Helen, deuda'r gwir 'tho fo.

'Yndw, yn enwedig yn ddiweddar 'ma. Mi fydd hi'n ddeng mlynedd yn union cyn bo hir. Dwi'n meddwl 'mod i'n colli arni braidd 'te. Yr ysgol yn fy atig yn syrthio i lawr, rhywbeth i neud efo'r *latch*. 'Di treulio, dwi'n meddwl. Ond mae o mor od 'i fod o'n digwydd rŵan, tydy? Yr holl stwff oedd gen i, o 'nghyfnod i efo Mike, dim ond cwpwl o flynyddoedd, dwi'n ei gadw o mewn bocs, i fyny'r atig.'

'Wy'n gweld,' meddai, yn nodio'n llawn cydymdeimlad.

'Ma' hyd yn oed ambell declyn, neu beiriant, fy mheiriant golchi, er enghraifft, dwi'n teimlo 'mod i'n clywed negeseuon oddi wrtho fo. Fel 'sa fo'n ceisio cadw cysylltiad.'

'Wy'n gweld,' meddai eto, hyd yn oed yn fwy cydymdeimladol, mwy dwys, fel pe bai'n deud, 'dwi'n dallt rŵan, ti 'di colli dy farblis.'

'Dwi'n wyddonydd, ti'n dallt. Dwi'n gwybod ei fod o'n mymbo-jymbo. Dwi jest yn deud sut dwi'n teimlo, 'na i gyd.'

'Wrth gwrs,' meddai, ei wefusau'n ffurfio rhyw fath o gylch sy'n neud iddo fo edrych fel pysgodyn.

'Roedd gan Mike y ddamcaniaeth 'ma, bod esblygiad wedi dechrau mynd yn ei ôl. Pan dwi'n dŵad i bartis fel hyn, dwi'n dallt be oedd gynno fo.'

Mae Iwan yn sbio ar ei drenars. Mae o'n dal yn ei lycra, chwarae teg. Mae o'n crynu.

'Ella dyla chdi fynd 'nôl mewn?' awgrymaf.

'Ife 'na beth ti moyn i fi neud?'

Nodiaf. Mae yntau'n amneidio a deud, 'Wy'n gweld' eto.

'Ydy o rywbeth i neud efo'r ffaith bo' chdi'n optegydd? Ai dyna pam ti'n deud "Wy'n gweld" trwy'r adeg?'

Yna mae o'n gwenu. Gwên hyfryd, fel haul annisgwyl yn gwthio'i hun trwy gymylau llwyd.

'O'dd e arfer mynd ar nerfau'n wraig i hefyd ... fy, ym, fy nghyn-wraig, wel, ym, ddim cweit eto, beth bynnag, ti'n gwybod beth wy'n meddwl.'

Gwthia ei wefusau ymlaen eto, yn gylch. Mae'n

amlwg yn rhywbeth nerfus, nad yw'n ymwybodol ohono, ei ddynwarediad o bysgodyn. Dwi'n dechra'i licio fo a theimlaf ryw gorddi cyfarwydd yn fy stumog. Clywaf glychau larwm yn canu'n swnllyd yn fy mhen. Paid closio, Helen. Cadw dy bellter. Ti'n gwybod o'r gora, cael dy frifo wnei di yn y pen draw.

'Pam na wnei di jest gadael llonydd i mi?!' gwaeddaf, gan dywallt yr hyn sy'n weddill o'm *G and T* i dros ei wyneb syn. Yna, i orffen y job go iawn, dwi'n ei wthio fo mor galed nes ei fod o'n colli ei falans ac yn taro yn erbyn ymyl pren y feranda.

Dim ond eiliad neu ddwy oedd o ond bob tro dwi'n ei ailchwarae o yn fy mhen mae o mewn *slow motion*. Mae Yoko Ono'n fy nhynnu oddi ar Lance Armstrong ac mae John Lennon cydnerth yn gafael yn Lance jest wrth i'r pren dorri, gan ei achub rhag y perygl. Gwena John Lennon ar Lance a gwneud ystum 'tangnefedd a chariad, ddyn' efo'i fysedd. Ochneidia Lance/Iwan yn llawn rhyddhad a thafla gipolwg llawn siom tuag ata i.

Yn sydyn, mae'r goleuadau wedi diffodd a'r gerddoriaeth wedi stopio. Toriad yn y cyflenwad pŵer. Wedi fy achub gan y trydan. Dan ni'n ymlwybro'n ofalus o'r feranda yn ôl mewn i'r brif ystafell, gan ddefnyddio'r golau ar ffôn Anwen i'n harwain. Mae dwsinau o bobl wedi tynnu eu ffonau allan. Mae eraill yn tanio matsys neu danwyr sigaréts. Sylwaf ar aelod o'r staff, y rheolwraig, dwi'n ama, yn gosod canhwyllau ar y byrddau, gan addasu'r poteli gwin gwag yn ddeheuig i'w dal. Mae hi'n ymddiheuro'n frwd ac yn cyhoeddi uwchben y sibrwd dwys eu bod nhw'n tsiecio'r blwch ffiwsiau i lawr y grisiau. Dylai pob dim fod yn ei ôl mewn dim o dro. Dywed rhyw Bryan Ferry mewn siwt wen nesaf ata i fod well gynno fo'r canhwyllau p'un bynnag. Sylwaf ar olwg ofidus Anwen wrth iddi siarad efo Myf ac yna bwyntio tuag ata i. Yn sydyn dechreua rhywun ganu 'Calon Lân' ac mae hi fel 'sa pawb, pob wan jac, yn ymuno.

Yn ddewr neu'n ffôl, dwi'm yn siŵr pa un, mae Iwan wedi dod draw i sefyll wrth fy ymyl.

'Fentra i fod nhw i gyd mewn côr!' taranaf uwchlaw'r cytgord harmonïau, gan boeri'r geiriau i'w wyneb syfrdan.

'Pam wyt ti mor grac?' gofynna, yn hollol resymol.

'Gas gen i'r emyn 'ma!' gwaeddaf, gan hyd yn oed daro fy nhroed ar y llawr wrth ei ddeud o. Diolch byth, daw'r goleuadau'n ôl ymlaen a chawn ychydig o gymeradwyaeth ac ychydig o fwian hefyd. Gan sylwi ar Myf yn anelu tuag ata i, dwi'n ei heglu hi tua'r bar.

Mae gweddill y noson yn niwlog iawn. O leia, dyna dwi'n ddeud wrth Myf fore trannoeth dros fygiad o goffi cry yn y gegin. Mae hi'n mwynhau llenwi'r tyllau yn fy nghof. Wnes i ganu'r holl ffordd adra, mae'n debyg. Fy fersiwn i o 'Calon Lân'. 'Calon Frwnt yn llawn drygioni, Gonestach yw na'r *silly pose!*' cana Myf ar dop ei llais, yn fy nynwared. Dwi'n crebachu tu mewn i mi jest yn meddwl am y peth.

'Gobeithio wnes i'm difetha'r parti i chdi,' teimlaf reidrwydd i ddweud.

'Wel, hyd y gwn i, ti erioed 'di trio lladd un o'r dynion dwi 'di'u cyflwyno i chdi o'r blaen.'

'Tydy hynny ddim yn meddwl nad ydw i wedi bod isio gwneud.'

'Pwy 'ta?'

'Y coc oen 'na oedd yn ffitio carpedi, be oedd 'i enw o?'

'Merfyn.'

'Ia, 'na fo. Meddwl mawr ohono'i hun. Lembo.'

'Ma' hynna'n anodd gen i'i gredu.'

'Mae'n wir. Ddeudodd o 'i fod am fy chwarae i fel feiolin.'

'A wnaeth o?'

'Wnaeth o hen ddigon o ffidlan! A beth am yr un arall yna? Yr un pen moel.'

'Iestyn.'

'Ia. Oedd o am fynd â mi adra.'

'Wel? Sdim byd o'i le ar hynny, siawns.'

'I weld ei gasgliad o debotau!'

Peth iachus ydy chwerthin, yntê, meddyliais, wrth wylio ysgwyddau Myf yn mynd i fyny ac i lawr yn y ffordd gyfarwydd 'na, yn union fel oedd rhai'r cyn-Brif Weinidog Edward Heath yn arfer ei wneud.

'Erbyn diwedd roeddach chdi'n ddoniol ar y naw, Helen, chwarae teg. A dwi mor falch iti drefnu cyfarfod ag Iwan eto bore 'ma, i ymddiheuro iddo fo.'

Sylwa Myf ar fy ngolwg ddryslyd ac mae hi'n nôl fy i-ffôn o'm bag llaw. Mae hi'n dangos tecst i mi. Mae o wedi ei anfon am chwarter wedi dau'r bore hwnnw, yn gofyn i Iwan hoffai o fynd am goffi yn y parc, yng nghaffi'r Tŷ Haf erbyn hanner awr wedi un ar ddeg.

❦

Edrychaf ar fy wats. Mae hi bron yn un ar ddeg yn barod. Sy'n egluro pam dwi erbyn hyn yn eistedd ar fainc ym Mharc Biwt ar fore Sul ffres, braf, yn sipian coffi arall, blas hynod bleserus, sy'n gyfuniad o gnau chwerw a pholystyren. Mae tua dwsin o ferched wedi'u gwisgo fel Siôn Corn, barf wen a'r geriach i gyd, yn rhedeg heibio i mi. Be haru'r bobl 'ma yng Nghaerdydd? Oes cywilydd ganddyn nhw wisgo eu dillad eu hunain 'ta be?

Nac oes, yn amlwg, meddyliaf, wrth i mi sylwi ar sioncrwydd trwsiadus Iwan, yn edrych fel pìn mewn papur yn ei *chinos* smart a'i grys Paul Smith a chôt ddyffl glasurol. Mae o'n deud yn union be sy'n mynd trwy fy meddwl innau – sef ein bod ni'n dau'n edrych yn dra gwahanol heddiw.

'Wnes i ystyried peidio dod. O gofio iti drio fy lladd i neithiwr.'

'Ia, mae'n ddrwg gen i am hynna. Doedd o'n ddim … wel, yn ddim byd personol.'

'Wy'n credu o'dd e'n eitha personol, i ddweud y gwir. Sa i'n credu gall neb fynd yn fwy personol, trio gwthio rhywun oddi ar feranda.'

Ceisiaf edrych yn edifar, fel petai'n wirioneddol ddrwg gen i am fy mhechodau, wir yr. Yn lle hynny, fodd bynnag, dwi'n morio chwerthin. Gwna Iwan y peth pysgodyn efo'i wyneb eto.

'Ges i dêc awê,' meddaf, gan ddal y cwpan polystyren i fyny yn yr awyr o'm blaen.

'Wna i aros i ti gwpla fe. Wedyn o'n i'n meddwl gallen ni fynd lawr i'r Bae. Ar y Bws Dŵr. Wy erioed 'di bod arno fe. Wy 'di bwcio bord i ni ar gyfer cinio, mewn bwyty Ffrengig newydd.'

Mae e'n sylwi ar fy edrychiad syn, y dicter, fy ngosodiad gwreiddiol yn y ffatri.

'Plis. Nag wyt ti'n ymlacio byth?' meddai.

Ar y cwch i lawr i'r Bae mae e'n gofyn i mi eto pam dwi'n ymddangos mor flin efo'r byd. Dwi'n deud 'mod i 'di cael mwy na'm siâr o anlwc. Nid jest colli'r unig gymar i mi wir ei garu, ond colli fy nhad a'm mam yn fy ugeiniau. Ond ychwanegaf yn gyflym bod gas gen i bobl hunandosturiol. Dwi'n sylweddoli go iawn fod gen i lot i fod yn ddiolchgar yn ei gylch o. Nid jest hen ffrindiau fel Myf ac Anwen, ond rhai ffrindiau yn Llundain hefyd. Mae 'na un yn arbennig, Sara, sy'n gweithio i elusen Oxfam. Mae hi'n ymweld ag Affrica yn aml. Yn sicr, mae hi'n rhoi fy 'mhroblemau' i mewn persbectif. Es i i ryw achlysur codi pres efo hi ychydig fisoedd yn ôl ac enillais i wobr mewn raffl. Archwiliad meddygol trwyadl, wedi ei roi gan ryw gwmni mawr. Rhyw fath o MOT i'r canol oed.

Stopiaf yn y fan yma a sylwi ei fod o'n gwneud y peth rhyfedd yna efo'i wefusau eto.

'Wyt ti'n gwybod bo' chdi'n edrych fel pysgodyn pan ti'n neud hynna?'

'Mae'n ddrwg 'da fi,' meddai. 'Gwneud beth?'

Dwi'n ei ddynwared o gan dynnu wyneb pysgodyn aur, gan hyd yn oed ddefnyddio fy nwylo fel esgyll. Mae o'n cochi eto, yn union fel y gwnaeth o neithiwr pan soniodd Myf am Mike.

'Dria i beidio neud e 'te,' meddai, fel hogyn bach sy newydd gael ei ddal yn bwyta cynnwys ei drwyn.

'Mae'n iawn,' meddaf, dan chwerthin, 'Mae o jest yn rhyfedd, bo' chdi ddim yn ymwybodol ohono fo, 'na i gyd. Ddrwg gen i, dwi'n medru bod yn greulon o onest weithia.'

'Gwed wrtha i, yn greulon o onest, shwt aeth dy MOT di 'te.'

Wrth i ni gyrraedd Cei'r Fôr-forwyn dwi'n mynd amdani a deud wrtho fo bod gen i nam cynhenid ar fy nghalon o'r enw *Bicuspid Aortic Valve*. Datgelwyd hyn yn ystod sgan ecocardiogram yr wythnos diwethaf mewn ysbyty yn Westminster.

'Yn fras ma' gin falf gyffredin dri fflap, ond dim ond dau sy gen i. Mae o 'di bod fel 'na ers i mi gael fy ngeni, mae'n debyg.'

'Wy'n gweld,' meddai, gan ychwanegu'n gyflym, 'Fyddi di'n gorfod cael llawdriniaeth?'

'Na fyddaf. Ddim eto, p'un bynnag. Ddeudodd y cardiolegydd bod y falf ddim ond yn dangos *low to medium leakiness* ar hyn o bryd. Bydd angen fy monitro i'n rheolaidd, i gadw golwg ar gyflwr y falf ac ella ei newid hi yn y pen draw, ond am y tro fedra i gadw i fynd yn hollol normal.'

'Wy'n credu gweli di 'i fod e'n gyflwr mwy cyffredin

nag wyt ti'n meddwl,' meddai, gan ddal fy mraich i'm helpu oddi ar y cwch.

'Be' wyddost ti amdano fo?' arthiaf, mewn goslef flin.

Yna mae o'n deud y llinell tynnu sgwrs â merch waethaf yn hanes y ddynoliaeth, ond rhywsut mae hi'n gweithio.

'Achos bod gen i gwmws yr un gwendid yn fy nghalon i.'

Nid mewn raffl enillodd Iwan ei afiechyd. Mae'n debyg iddo gael gwybod yn hogyn pymtheg oed. Fel finnau, mae gynno fo falf sy'n gollwng ar raddfa isel i gymedrol. Wrth i ni gerdded i fyny'r grisiau at y bwyty Ffrengig crand iawn yr olwg, teimlaf fy nghalon yn llythrennol yn tynnu rhyw fymryn. Fedrith pobl gael eu denu at ei gilydd oherwydd ansawdd falfiau eu calonnau?

Mae'r bwyty yn wych ac rydan ni'n cymryd y fwydlen dri chwrs Nadoligaidd sydd newydd ymddangos yn ystod y penwythnos. Iachâd bendigedig i unrhyw ben mawr drannoeth parti. Mae'r fwydlen mewn tair iaith ac mae'n swnio'n debycach i gyfrol o farddoniaeth. Rhwng pylia o siarad fel y felin bupur anferth sydd ar y bwrdd dwi'n llwyddo i fwyta cyrsiau egsotig iawn. Cwningen a phetrisen i ddechra efo *purée* afal a phannas a chnau Ffrengig 'di'u piclo. A phrif gwrs o goes cig eidion glas wedi ei frwsio â sudd nionyn a chig moch mewn *mousseline* radish (be bynnag ydy hwnnw, unben Eidalaidd wedi ei friwo?). Rydan ni'n dechra ymlacio yng nghwmni ein gilydd. Pwy all beidio, yn y fath awyrgylch? Trwy Myf mae o'n gwybod fy mod i'n Swyddog Iechyd yr Amgylchedd ac mae'n gofyn a ydw i'n mwynhau fy ngwaith.

'Dwi wedi, ar brydiau, dros y blynyddoedd, yndw,' atebaf. 'Ond mae o'n mynd yn fwy a mwy o boendod, mwy o gyfrifoldebau heb y cyllid i fynd efo fo.'

'Odi e'n wir os fydden i moyn cadw arth, 'sen i'n gorfod gofyn i rywun fel ti?'

'Yndy, tad. Fydda rhaid i mi asesu'r risg, wrth gwrs. A bydda angen trwydded arna chdi. Yn union yr un peth efo deunydd ymbelydrol peryglus, gyda llaw. Jest rhag ofn dy fod ti'n bwriadu rhoi bom niwclear at ei gilydd. Fi ydy'r person i'w weld, bob tro.'

'Wna i gadw 'na mewn cof.'

Holaf am ei ysgariad, jest i hel yr eliffant allan o'r ystafell.

'Ma' fe i gyd yn anniben braidd, poenus. Mae'n nwy ferch i heb fod yn rhy ffôl sbo. Ond bydd rhaid i fi ddod â'r practis teuluol i ben. Falle o'dd hynny ar y gorwel, ta beth. Ni ffaelu cystadlu 'da Specsavers neu Vision Express.'

'Bastads 'te.'

Mae Iwan yn chwerthin ac yn nodio'i ben, gan sychu rhywfaint o'i gawl madarch gwyllt a theim oddi ar ei ên.

'Ni yw'r siop gornel, a nhw yw Tesco sbo.'

'Be nei di 'lly?'

'Wy'm yn siŵr eto. Ffeindia i rywbeth. Mynd gyda'r llif, ife. Ar ryw lefel ma' 'na'n eitha cyffrous.'

'Dwi 'di bod yn meddwl am adael fy swydd hefyd,' meddaf, yn synnu 'mod i'n fodlon cyfaddef hyn mor agored. 'Mae o'n mynd yn ormod o beryg. Trio symud pobl ddigartref ymlaen o dan y bont ger y Royal Festival Hall. Ma' rhai o'r jyncis yno efo cyllyll.' Dwi ddim yn sôn bod un ohonyn nhw yn honni iddo weld angel yn ddiweddar, efo helmed seiclwr ar ei ben. Bu manylion y ddamwain yn yr *Evening Standard*.

'Ac mae'r holl sefyllfa'n rhoi'r felan i mi, yr *haves* a'r *have nots* 'te,' ychwanegaf yn ddwys.

'Wy'n gweld. Ie, alla i ddychmygu bod hynna'n straen, ar flaen y gad ym Mhrydain Cameron.'

'Ia, fo a'i *Big Society*.'

'Dyw e ddim yn adeg ffôl i newid cyfeiriad falle – pumdegau cynnar.'

'Ma' hynna'n wir,' meddaf, gan chwerthin yn groch, wrth gofio fy siwrnai ar y trên ddoe.

'Beth sy mor ddoniol?'

'O'n i'n darllen erthygl bapur newydd ar y trên ddoe. *'How to be 50'* oedd ei theitl hi. Darn gwych gan Mariella Frostrup, gyda rhyw bennawd mawr i ddal dy sylw di, rhywbeth tebyg i: *It's my decade to speed up, not slow down*. P'un bynnag, wnaeth yr hen stejar 'ma'r ochr draw i mi gymryd yn ei erbyn o. Dynes yn ei hwythdegau. Yn deud dylai gwragedd fy oedran i, ac oedran Mariella … wel, dylen ni actio'n hoedran 'te, yn lle strytian o gwmpas fel rhyw *teenagers* 'di'u difetha.'

'Wy'n ffaelu dychmygu ti'n derbyn 'na heb ddweud dim byd 'nôl,' meddai Iwan.

'Ti'n iawn. Fe bwyses i ar draws y bwrdd a deud wrthi, "Dyma sut mae rhywun yn ei phumdegau yn edrych y dyddiau yma, yr hen hulpan wirion â chdi!" ac yna ollynges i ychydig o 'nghoffi dros ei *Daily Mail*, yn "ddamweiniol" wrth gwrs.'

Er i Iwan wenu, wnes i ddifaru sôn am y digwyddiad ar y trên. Roedd o'n neud i mi swnio fel pe bawn i 'di pigo ar ryw hen ddynes fregus.

'Ti'n licio cicio yn erbyn y tresi, nag wyt ti? Mynd yn erbyn y llif?'

'Yndw, decinî i, 'sdim iws i mi wadu'r peth. Y misoedd diwetha 'ma dwi 'di bod yn waeth nag erioed. Yn gwneud pethau i bobl. Pethau sy fel arfer yn fy nghorddi. Fel dal pawb yn ôl yn y ciw yn Marks and Spencer, trwy gymryd hydoedd i chwilio am y newid iawn. Neu wrthod defnyddio fy *indicators* yn y car wrth fynd rownd rowndabowt. Hyd yn oed jest gollwng sbwriel ar y pafin. Dwi'n cael rhyw ollyngdod, rhyw ryddid rhyfeddol allan ohono fo. Dwi'n synnu cymaint dwi'n ei fwynhau o.'

Sylwaf fod Iwan yn gwneud ei wyneb pysgodyn eto.

'Dwyt ti ddim yn cicio yn erbyn y tresi weithia 'te?'

'Ydw, wrth gwrs 'ny.'

'Be wyt ti 'di neud yn ddiweddar 'lly, fel rhyw fath o godi dau fys ar y byd?'

'Wy 'di dechrau smygu. Odi 'na'n cyfri?'

'Ydy, mae'n un da. Yn enwedig efo calon doji. Ella dylwn i ddechrau hefyd!'

'Er, rhaid i fi gyfadde, wy'n credu bod mynd gyda'r llif, gadael i fywyd fynd â chi i ble bynnag, all hynny fod yr un mor bleserus. Ac yn fwy o risg mewn ffordd. Ti'm yn meddwl?'

Dwi'n chwerthin eto. Mae o'n edrych ar draws y bwrdd ata i, ei dalcen wedi crychu.

'Yr ymadrodd 'na ddefnyddiaist ti, "mynd gyda'r llif". Oedd y boi 'ma ym Mhort, bach o ecsentrig, Mei Allt Ddu oedd ei enw o, yn mynnu siarad efo'r twristiaid gan gyfieithu'n llythrennol o'r Gymraeg. Geiria fath â "llif". Cofio fo'n deud wrth ryw gwpwl oedd â'u bryd ar fynd i sgota – "There's a large saw in the river today," mynta fo, deud "saw" am "llif"! Dro arall dwi'n cofio fo'n cymell pobl i fynd i'r twmpath dawns yn y Neuadd – "Yes, you must try it, the lump dancing is very good!"'

Diolch i'r drefn, mae Iwan yn chwerthin eto.

'Alle fe gael job fel cyfieithydd 'da Gwgl,' meddai, gan sipian ychydig o'i win.

Mae fy mhryder gwreiddiol y byddai'r ddau ohonom yn trafod falfiau ein calonnau dros y crymbl afal a gellygen wedi diflannu. Dan ni'n trafod y parti neithiwr. Dwi'n deud fy fersiwn i o 'Calon Lân' wrtho fo ac mae o'n deud bod well gynno fo hwnnw na'r gwreiddiol. Ac mae gas gynno fo'r emyn hefyd. A na, tydy o ddim mewn côr chwaith.

Mae o'n licio partis, fodd bynnag. Mae'n debyg fod ei rieni o'n arfer cynnal rhai mawr bob nos Galan am flynyddoedd. Basa fo a'i chwaer yn datgan bod amryw o gyplau wedi cyrraedd trwy daro gong a chyhoeddi eu henwau wrth gymryd eu cotiau.

'Pan o'n ni'n *bored* bydden ni'n chwarae gêm, yn neud cyplau annhebygol lan. Fel Billy-Jean a Martin Luther King, neu Agatha a Reginald Christie. Neu un da ges i 'da un o'r merched flynyddoedd yn ddiweddarach, pe bai Peter Cushing a Whoopi Goldberg yn priodi, fydden nhw'n gallu bod yn Peter a Whoopi Cushing!'

Dwn i'm ai nerfusrwydd neu'r gwrthwyneb, 'mod iwedi llwyr ymlacio, wnaeth beri poen i'm hasennau, ond ro'n i heb chwerthin gymaint ers hydoedd. Pan o'n i yn y lle chwech, ganodd fy i-ffôn. Myf oedd yno, am wybod sut oedd pethau'n mynd. O'n i braidd yn ofalus efo hi, gan ddeud fod pethau'n ocê, a dim mwy na hynny.

'Diolch byth i mi'i decstio fo 'te,' meddai Myf, dan chwerthin.

Wrth gwrs. Dyna pam o'n i'n methu cofio anfon y tecst.

Er i mi wrthod cynnig hael Iwan i dalu am y pryd, gan mai ei syniad o oedd o, mynte fo, erbyn hyn o'n i'n dechrau amau bod olion bysedd Myf ymhobman ar y dêt.

Dwi'm yn sicr ai oherwydd ein bod ni'n eistedd yn nes at yr injan ar y Bws Dŵr y tro hwn ai peidio, ond dwi'n llwyddo i argyhoeddi fy hun bod Mike yn ceisio cysylltu â mi. Mae cysondeb corddi'r injan a sblasio ysbeidiol dŵr yr afon, mewn ffordd ryfedd, yn fy atgoffa o'm peiriant golchi. Clywaf sŵn, gwich debyg, gyson. Ond y tro hwn nid yw'n dweud helô. Dim ond dolefain dieiriau, fel rhyw gytgan ymbilgar. Bob pum eiliad.

Ar y Bws Dŵr ceisia Iwan ddal fy llaw, ond yn reddfol dwi'n ei wthio i ffwrdd, bron yn amddiffynnol. Mae'r clychau larwm cyfarwydd yn diasbedain yn fy mhen o bob cyfeiriad. Yn gyfeiliant i'r teimlad hyd yn oed mwy cyfarwydd o gorddi nerfus yng ngwaelod fy stumog.

'Mae'n iawn,' meddai Iwan, gan deimlo bod angen iddo ymateb i gael ei wthio i ffwrdd.

'Er, o'n i'n golygu beth ddywedes i'n gynharach, ynglŷn â "mynd gyda'r llif", gweld beth ddigwyddith.' Mae'n parhau: 'Wy'n deall yn iawn nad wyt ti moyn rhoi dy hunan mewn sefyllfa fregus, o bosib, byth eto. Pam fyddet ti moyn rhoi dy hunan trwy'r tor calon gest ti 'da Mike? Ond nid byw yw hynna, Helen. Rheoli yw hynna. Bodoli. Ti ddim wir yn cicio yn erbyn y tresi. Yn y pen draw'r unig beth rwyt ti'n cicio yw ti dy hunan.'

Dwi'n dal ddim yn gafael yn ei law ond fe wenaf arno, gwên ddrygionus, gan edrych i fyw ei lygaid. Mae o'n gwenu'n ôl, ychydig yn nerfus. Mae gynnon ni ambell beth yn gyffredin, wrth gwrs, dwi'm yn ama hynny. Mae ein calonnau yn gollwng ac mae gas gynnon ni 'Calon Lân'. Ond tydy hynny ddim yn ddigon, siawns. Penderfynaf y byddai unrhyw berthynas rhyngom yn un ddiflanedig, fel Love Heart, ein geiriau yn pylu'n ddim.

Yn sydyn teimlaf fod ei agwedd o tuag ata i, tuag at Mike, wedi bod yn gyfoglyd, yn nawddoglyd. Dwi'n troi yn fy sedd a'i daro'n galed efo 'nwrn dan ei ên. Edrycha yn syfrdan, wedi ei frifo i'r byw. Dwi wedi brifo fy llaw ond dwi'n ei rhoi hi ym mhoced fy nghôt, yn gafael mewn pluen angel, gan geisio peidio gwingo.

Fel deudes i, pethau ofnadwy ydy partis, pethau peryg. Does wybod pwy wnewch chi gyfarfod.

PEN-BLWYDD HAPUS

Catrin Gerallt

Pan gerddais i mewn i'r Halfway, do'n i ddim yn disgwyl unrhyw beth arbennig, dim ond cwyn arall gan Liz am y prinder talent yno, yr un hen gân ag oedd ganddi ers dychwelyd o Baris.

Roedd gwres tanbaid haf '78 wedi trawsnewid Caerdydd; yr haul crasboeth a'r heidiau o bobl ifanc ar y strydoedd yn gwneud imi deimlo 'mod i yn y carnifal yn Rio neu yn San Francisco, yn hytrach nag ym mhrifddinas lawog Cymru.

Roedd dychwelyd o Lundain wastad yn chwerwfelys; o fewn tridiau ro'n i'n dechrau diflasu ar y tai syber, y gerddi maestrefol a chinio dydd Sul Mam (yn troi'n grimp yn y ffwrn, tra 'mod i'n cysgu'n hwyr). Fel arfer, ro'n i'n dyheu am fynd 'nôl i Lundain – 'nôl at y bwrlwm, sŵn y traffic a'r bobl, fel heidiau o adar egsotig, yn siarad gwahanol ieithoedd ar y strydoedd.

Y tro hwn, roedd hi'n wahanol. Ro'n i wedi cael gwaith dros y gwyliau yn swyddfa dwristiaeth y dre, ac yn lle breuddwydio am fynd 'nôl i'r coleg, ro'n i'n mwynhau naws y ddinas newydd, heulog. Roedd hi fel bod mewn ffilm, meddyliais, wrth gerdded dan gysgod y castanwydd ar Cathedral Road. Ciliais i far tywyll yr Halfway gan drio edrych yn cŵl, er bod chwys yn cronni dan fy sbectol haul a'r ffrog Laura Ashley yn glynu wrth fy nghefn fel clwtyn tamp. Roedd hyd yn oed y dafarn yn edrych yn anghyfforddus; y waliau trwchus yn drwm yn y gwres, y carped coch llaith yn mygu'r llawr

'Sôn am *drought* – a sai'n siarad am y tywydd.'

Sipiai Liz ei Slimline Tonic, gan lygadu'r bar fel aderyn ysglyfaethus. Nid bod neb hanner teidi o gwmpas, ond doedd dim gwahaniaeth. Roedd popeth amdani'n berffaith, o steil siarp ei gwallt hyd at y ffordd y sgleiniai ei hewinedd fel perlau bach pinc. Doedd fawr neb yn y bar a'r myfyrwyr eraill allan ar y pafin; bechgyn barfog yn edrych fel ffoaduriaid o wlad estron, yn dangos eu breichiau gwelw ac yn llyncu Brains fel dŵr; merched mewn ffrogiau llac, eu gwallt fel llenni sidan dros eu hysgwyddau. Roedd hi fel y Summer of Love, awgrymais, tasech chi'n anwybyddu ambell i ddyn boliog mewn string fest, a'r menywod gwallt *bouffant* ar eu ffordd 'nôl o'r Eisteddfod.

'Summer of lard, ti'n feddwl.' Crychodd Liz ei thrwyn gan edrych i gyfeiriad merch dindrwm, ei bola fel teiar dros wregys ei Levis. 'Tin draddodiadol Gymreig – don't you just love it?'

Edrychais o gwmpas yn nerfus; do'n i ddim am gael fy labelu'n snoben ddinesig. Ond sylwodd neb. Ar waetha'i ffraethineb, roedd Liz yn ferch boblogaidd, yn enwedig gyda dynion. Doedd hi ddim yn bert yn y ffordd

Gymreig, llond eich croen, ond roedd hi'n smart ac yn ddoniol. Yn arwynebol, roedd rhyw hyder yn perthyn iddi, er 'mod i'n gwybod ei bod hi, o dan yr wyneb, mor fregus â phlisgyn wy. Er bod Rhydian a fi wedi bod gyda'n gilydd ers blynyddoedd, fydden ni weithiau'n teimlo'n anesmwyth pan fyddai Liz o gwmpas; roedd ei gwên yn fwy llydan a'i chwerthin yn fwy afreolus nag arfer. Neu falle taw fy nychymyg i oedd ar fai. Beth bynnag, doedd hi byth adre'n hir. Pythefnos treuliodd hi yn y coleg, cyn gadael a mynd i Ffrainc i weithio fel *au pair*. Erbyn hyn, roedd golwg Ffrengig arni; jîns tyn yn glynu wrth ei choesau, sodlau main am ei thraed.

'Sai'n mynd 'nôl i Baris,' meddai, gan chwythu mwg menthol drosta i yn rhuban drewllyd.

Ro'n i'n anghrediniol. 'Ti'n dod 'nôl fan hyn?'

Crychodd Liz ei thrwyn, fel petai sawr cas yn codi o'r carped bratiog. 'God, na – mae pythefnos 'ma'n ddigon *depressing*, heb sôn am y blydi Steddfod ar ben popeth.' Tynnodd ar ei Consulate Menthol, gan edrych i'r pellter. Doedd dim dewis ganddi, mewn gwirionedd. Roedd tad y teulu wedi cwympo mewn cariad â hi – a'r fam wedi eu dal yn y gwely. Roedd y ffrae a ddilynodd yn danllyd a dweud y lleia ac fe daflwyd Liz allan ar ei thin. Nawr roedd hi'n ddi-waith ac yn ddigymar. Yr un hen stori – gallwn i fod wedi sgrifennu'r sgript, a dweud y gwir.

'Wy'n mynd lawr i Nice i gwrdd ag e.'

'Beth?'

O ystyried bod Liz mor hyderus, roedd ei bywyd personol yn annibendod llwyr. Nid 'mod i'n ymddwyn fel Mam y Fro, ond pam roedd hi'n gwastraffu'i hamser gyda dynion priod? Cododd Liz ei hysgwyddau, mewn ystum Ffrengig.

'Yn Ffrainc ma' nhw'n credu dylai'r galon fod wrth y llyw. Dy'n nhw ddim yn *repressed*, fel pobl fan hyn.'

Edrychais allan ar y merched mewn ffrogiau tenau a'r bechgyn barfog yn slotian ar y pafin; do'n nhw ddim yn edrych yn *repressed* i fi.

'Ti 'di byw 'ma'n rhy hir,' meddai Liz, gan grychu ei gwefusau coch. 'Ti'n gweld rhywun ers gorffen 'da'r boi na? Rhyd?'

Do'n i ddim wir eisiau trafod Rhydian; do'n i ddim yn siŵr sut i esbonio'r peth. Ro'n ni'n dal yn ffrindiau ond, ar ôl tair blynedd, ro'n i eisiau torri'n rhydd, cael ychydig o antur cyn setlo lawr. 'Wel … dim byd *serious*,' mwmiais yn lletchwith.

Cododd Liz ei haeliau. 'Wel paid â hongian o gwmpas. Cer amdani – ma' digon o ddynion yn dy ffansïo di.'

'Ydyn nhw?'

'Wrth gwrs eu bod nhw – ma' dynion yn lico merched fel ti – bach dros bwysau, llygaid mawr.'

'Grêt – diolch.' Edrychais o gwmpas; wrth y bar, roedd criw o fyfyrwyr yn llyncu peintiau ac yn chwerthin. Doedd neb yn sylwi arnon ni'n eistedd yn y gornel fel dwy hen bensiynwraig.

'O'dd Didier yn meddwl bo' ti'n bert; "*un peu ronde*", medde fe, "*mais avec un visage angélique*."'

Do'n i ddim yn siŵr am y *ronde* ond roedd wyneb *angélique* yn eitha derbyniol. 'Pam nag yw bechgyn

Cymrâg yn dweud pethe fel 'na?' gofynnais, wrth i'r ddwy ohonon ni godi'n haeliau mewn anobaith.

Y funud honno, agorodd y drws gan adael pelydryn o heulwen lychlyd i mewn i'r bar, a cherddodd *ef* i mewn. Aeth popeth yn dawel, fel tase cowboi newydd gerdded mewn i'r salŵn. Keith Richards, heb air o gelwydd – bachgen drwg y Rolling Stones, gwallt du dros ei ysgwyddau, cylch arian yn ei glust a gitâr dan ei gesail. Aeth rhywbeth drwydda'i fel sioc drydanol. Dechreuais i feddwl 'mod i'n gweld pethau, bod heulwen grasboeth mis Awst wedi creu *mirage*, yn codi o ffwrnais y stryd. Doedd dim angen i fi siarad. Roedd Liz yr un mor gegrwth â fi.

'Gorjys,' meddai, gan ddrachtio diferion olaf ei diod.

'Cer i siarad ag e.'

'Beth?'

'Go for it, Angharad – cer at y bar. Gwthia mewn ar ei bwys e.'

Dwi ddim yn gwybod beth ddaeth drosta i. Falle taw'r gwres oedd e, a'r ffaith fod Liz yn herio – a 'mod i newydd orffen 'da Rhydian ac yn teimlo'n fflat ac yn ddigyfeiriad. Sgubais fy ngwallt o'm llygaid, tynnu fy ffrog i lawr i arddangos cymaint o'r cnawd *ronde* ag oedd yn bosib heb dorri'r gyfraith, a cherdded draw gyda dau wydryn gwag yn fy llaw.

Gwthiais i mewn i'r ciw, gan lamu'n ôl wrth i 'mhenelin gyffwrdd â'i fraich. Allwn i daeru fod ei gorff yn ymbelydrol. Gwenodd, ei lygaid du yn rhythu arna i. Roedd e fel sipsi gyda'i wallt tywyll a'r tsiaen arian o gwmpas ei wddf.

'Hai,' meddai, gan droi'r llygaid dwfn i edrych arna i, 'ti 'di bod yn y gìg hefyd?' Roedd fy ngheg i'n grimp a'r geiriau'n sownd yn fy ngwddw; Keith Richards, neu bwy bynnag oedd e, yn siarad â fi.

Myfyriwr celf oedd e yng Nghaerdydd, ond roedd e'n chwarae gitâr mewn band. Ro'n nhw newydd neud gìg deyrnged i'r Stones – a oedd yn esbonio'r wisg anhygoel.

'Be ti moyn?' gofynnodd, gan amneidio at y barman.

'Hanner o lager,' atebais, yn gryglyd.

'Paid â'i gor-neud hi,' meddai. Ro'dd e'r un ffunud â'r seren roc, o'i wallt hir hyd at ei weflau pwdlyd. Roedd cordiau agoriadol 'Brown Sugar' yn canu yn fy mhen wrth i fi dderbyn y lager, a gwenu'n ôl arno … Erbyn deg o'r gloch, ro'n i'n pwyso yn ei erbyn yng nghornel y bar.

'Ti'r un ffunud â Keith Richards,' meddwn i, wrth iddo fwytho cefn fy ngwallt. Huw oedd ei enw iawn, o Gastell-nedd yn wreiddiol, ond roedd wedi aros yng Nghaerdydd dros yr haf i labro ar faes y Steddfod. Sdim syndod ei fod e'n edrych mor ffit; wedi chwe wythnos o weithio yn yr awyr agored, roedd ei freichiau fel bonion coed a'r llosg haul yn dywyll ar ei wyneb.

'Angharad,' meddai, gan syllu arna i'n hir ac yn fwriadus, '… dylen i alw ti'n Angie a sgrifennu cân amdanat ti.' Gwenodd, gan greu rhychau bach o gwmpas ei lygaid.

Roedd hi'n dal yn dwym pan gerddais allan o'r dafarn gyda Keith Richards, yr awyr yn drymedd ac yn llaith, fel tasech chi'n anadlu mewn pwll nofio. Yn y parc, gyferbyn, roedd tyrrau o bobl ifanc yn yfed poteli o seidr ac yn chwythu mwg melys lan at y sêr, eu sgwrs yn codi ar yr awel, fel parti cydadrodd carbwl.

'Dere 'nôl 'da fi,' meddai, gan sleifio ei fraich o amgylch fy ngwast.

'Ymmm...'

Ro'n i'n llyncu 'ngeiriau, yn esgus pendroni wrth deimlo gwres ei freichiau'n treiddio drwy'r ffrog denau. Gafaelodd amdana i a 'nhynnu fi ato fel 'mod i'n toddi. Ro'n i'n suddo i gorff solet Keith Richards pan deimlais gnoc ar fy ysgwydd.

'Ti'n cerdded 'nôl neu beth?' Ro'dd Liz yn plethu'i dwylo ar y pafin fel rhyw fam yng nghyfraith flin.

'Sori.' Sythais, gan wgu arni.

'Paid becso.'

Gwnaeth Keith y wên yna eto fel bod ei wyneb yn crychu; gwên lydan fel yr haul.

'Wela i di fory, iawn? Fydda i 'ma ar ôl gwaith.'

Dechreuodd Liz a fi gerdded lan y rhiw, ei sodlau'n clecian ar y palmant anwastad.

'Pam wnest ti 'na?' gofynnais yn syn. 'Ti wedodd wrtha i am fod yn fwy anturus.'

'Ma' eisiau i ti watsio fe,' meddai. 'Wy'n gwybod pwy yw e nawr – ath e mas 'da'n ffrind i, Siân. Rêl blydi charmer – mae e 'di creu mwy o lanast na *nuclear missile*. Bydd yn ofalus.'

Sôn am ragrith. I feddwl bod Liz yn mynd yr holl ffordd i Nice ar ôl Didier. Beth bynnag, o'dd Keith Richards am fy ngweld i eto. Ro'dd hi'n amlwg 'mod i'n golygu mwy iddo na *one night stand*.

'Rhaid iti whare fe'n cŵl, Angharad,' meddai. 'So ti am gael dy frifo.'

'OK,' meddwn i'n gymodlon – er 'mod i'n gwybod y bydden i lawr yn yr Halfway fel siot nos fory, wedi i fi olchi 'ngwallt a gwisgo digon o fasgara i ddenu sylw Keith Richards am yr eildro.

Es i'n ôl i'w fflat y noson wedyn. Fe afaelodd yn fy llaw a fy nhywys i lan llofft i stafell a oedd fel ogof hud a lledrith. Roedd y waliau porffor yn llawn o'i waith ei hun; lluniau ffantasïol, seicadelig, fel tase Andy Warhol wedi bod ar drip asid. Uwchben y gwely roedd darlun o flodau a dail yn ymestyn fel breichiau i'r awyr, ac ynghanol y coed, merch brydferth yn codi fel rhith, ei gwallt tywyll yn plethu i'r brigau.

Rhoddodd LP y Rolling Stones i chwarae, a datod botymau'r bodis les ysgafn.

'Angharad Huws,' meddai, 'sa'i 'di cwrdd â neb fel ti o'r blaen.'

Fe es i'w fflat bob nos ar ôl hynny; Keith Richards a fi yn y stafell seicadelig, yn toddi i'r gwres llethol wrth i awel ysgafn godi sawr y paill o'r parc a'r Rolling Stones yn canu yn y cefndir.

'Angie … Angie …'

Diwedd Awst oedd hi pan ddywedodd bod rhaid iddo fynd adre dros ŵyl y Banc. Roedd ei ben-blwydd ar ddydd Sul ac roedd yn mynd i weld ei rieni. 'Bydda i'n gweld dy ishie di,' meddai, gan roi rholyn o bapur i fi.

Llun oedd e – sgets ohona i, yn dangos merch ifanc

llygaid llo yn edrych tuag ato â gwên fawr ar ei hwyneb. Ar y gwaelod roedd e wedi sgrifennu, 'Angie – with you it <u>is</u> so good to be alive' a dwy gusan fawr dan y geiriau. Do'n i erioed wedi gweld unrhyw beth mor brydferth.

'Wela i di ddydd Llun,' meddai. 'Y'n ni'n cael parti gyda'r nos – parti pen-blwydd. Aros 'ma os ti isie.'

'Grêt,' meddwn i, gan ymestyn fy mreichiau o gwmpas ei ysgwyddau. Fe wasgodd ei hunan ata i gan dynnu ei freichiau i lawr fy nghefn.

'Bihafia, Angie,' meddai, gan wneud y wên fach, eironig Keith Richards yna eto.

Nos Sadwrn, ro'n i wedi trefnu cwrdd â Liz yn yr Halfway – ro'n i heb ei gweld hi ers amser ers i Keith Richards feddiannu fy mywyd. Roedd hi yno pan gyrhaeddais, yn sipian Slimline Tonic ac yn edrych yn drwsiadus yn ei throwsus lliain, ar waetha'r gwres.

'Hai,' meddai, wrth imi eistedd ar y glustog ddi-raen, 'sut mae'n mynd?'

'Grêt,' meddwn i, 'dwi'n meddwl 'mod i mewn cariad â Keith Richards.'

Edrychodd arna i'n ofalus.

'Drycha, Angharad,' meddai, 'paid â gadael iddo dorri dy galon. Ma' 'da fi newyddion i ti.'

Ac yna, fe ddywedodd wrtha i. Roedd Keith Richards – Huw, a bod yn gywir – yn canlyn yn selog gyda merch o'r Coleg Celf – Angie.

'Paid â bod yn dwp,' meddwn i. 'Keith Richards? Angie? Ma' rhywun di neud e lan.'

'Na, wir,' meddai Liz, gan edrych arna i'n bryderus.

'Weles i Siân wythnos dwetha. Mae hi 'di mynd adre dros y gwylie. Mae'n gweithio mewn bar yn Salcombe. Angela yw ei henw hi – Angela Riley. Mae e 'di bod yn mynd i weld hi bob dydd Sul.'

Roedd y stafell yn troi a'r gwres yn fy mygu. Allai byth â bod yn wir. Fi oedd Angie – doedd bosib bod dwy ohonon ni? A pham fydde fe 'di rhoi llun i fi a gofyn i fi fynd i'w barti pen-blwydd?

'God!' meddwn i eto, gan geisio llenwi'r gwacter. Doedd dim byd fel hyn wedi digwydd i fi o'r blaen.

Roedd cwestiynau'n chwyrlïo yn fy mhen. Fydde fe wir wedi bod mor gelwyddog? Roedd e wedi bod yn mynd i weld ei rieni ar ddydd Sul – ac yn aros dros nos, er bod Castell-nedd ryw hanner awr i ffwrdd … A phwy oedd y ferch yn y llun – y ferch dywyll a oedd yn codi o'r dail a'r brigau troellog?

'Yfa hwn.' Rhoddodd Liz ddracht o'i diod i fi. 'Ma' *double gin* ynddo fe.'

Yfais y jin mewn un a theimlo'n well. Roedd y panic gwyllt yn gostegu a'r stafell yn nofio'n hamddenol o flaen fy llygaid.

'Wel …' Roedd Liz yn edrych arna i'n awgrymog. 'Be ti'n mynd i neud?'

'Bedifeddwl?' meddwn i'n garbwl. 'Sdim byd 'lla i neud, os e? Jest cadw mas o ffordd y bastard celwyddog.'

Ro'n i'n trio peidio meddwl am y llun ohona' i'n edrych yn brydferth a'r neges ramantaidd odano fe. Ie – falle, os o'dd gyda ti ddwy ferch ddiniwed, i rannu'r gwely cul ac i wrando ar 'Angie' yn y stafell biws.

'Paid ypseto dy hun,' gorchmynnodd Liz, 'ma' syniad 'da fi.' Pwysodd ymlaen a sibrwd yn fy nghlust.

'Beth? Na – no way!'

'Come on,' meddai, 'mae'n haeddu fe.'

Fe dreulion ni'r noson yn cynllunio. Liz oedd yn mynd i yrru'r *getaway car* – rhag ofn bod trafferth. Nid 'mod i'n credu y byddai Huw yn troi'n gas, ond roedd angen rhywun arna i i fagu plwc ac, fel dywedodd Liz, 'mewn undod mae nerth.'

Nos Lun, rhuthrais 'nôl o'r swyddfa dwristiaeth i newid. Ro'n i eisiau edrych fel Catherine Deneuve yn y ffilm *Belle de Jour* ond roedd hi'n anodd gyda Mam yn gweiddi lan staer i ofyn a o'n i eisiau swper a be ddiawl o'n i'n neud yn y bathrwm.

Gwisgais y *basque* roedd Liz wedi'i benthyg i fi – anrheg roedd hi wedi ei chael gan Didier. Do'n i erioed wedi gwisgo'r ffasiwn beth o'r blaen. Erbyn i fi gau'r bachau, prin 'mod i'n medru anadlu, heb sôn am y ffaith fod y staes gyfyng lawer yn rhy fach, fel bod fy mronnau'n tasgu dros y top fel dwy *feringue*. Rhwng hynny a'r *suspenders*, ro'n i'n edrych fel croesiad rhwng putain a'r forwyn o *Allo Allo*. Tase'r nerfau ddim yn drech na fi roedd peryg i fi lewygu o ddiffyg ocsigen.

Pan ddes i lawr yn fy nghot *wrapover*, yn edrych fel un o'r fflachwyr yng Nghaeau Llandaf, roedd Mam yn gegagored.

'Sdim isie cot arnat ti,' meddai. 'Mae Caerdydd yn dwymach na'r Bahamas.'

Diolch byth, doedd dim amser i esbonio. Ar y gair, canodd Liz gorn y Mini bach, gafaelais yn fy mag a rhedeg allan i'r stryd.

Edrychodd Huw yn syn pan agorodd y drws. 'Hai,' meddai'n amheus, 'ti'n gynnar. Dyw'r parti ddim yn dechre tan wyth.' O'dd fy nghalon yn pwmpio fel injan a 'mhen i'n chwil.

'Wy'n gwybod,' meddwn i, mewn llais nerfus, Minnie Mouse, 'o'n i eisiau rhoi anrheg i ti cyn bod pawb yn cyrraedd.' Tynnais y cerdyn o 'mag fel cwningen o het ac edrych arno'n awgrymog.

'Pen-blwydd hapus!' canais, gan gofleidio'i ysgwyddau cyhyrog. Wrth iddo blygu tuag ata i, agorodd y got fel bod fy nghorff hanner noeth yn dynn yn ei erbyn. Edrychai fel tasai ar fin ffrwydro.

'God, Angharad,' meddai, gan anwesu fy nghefn, 'ti'n gwisgo rhywbeth dan y got 'na?'

'Na!' atebais, gan symud ei law i fyny. Roedd y ddau ohonon ni'n anadlu mor drwm fel 'mod i bron ag anghofio'r cynllun. Ro'n i'n dechrau ymostwng i freichiau cryf a chorff caled Keith Richards nes i sŵn y car tu allan fy neffro. Cofiais am y sioc, y teimlad o bendro wrth i fi glywed am Angie yn Salcombe. Y teimlad chwil, sâl oedd wedi bod yn fy mhoeni drwy'r penwythnos.

'Dere lan lofft.' Roedd ei lais yn gryg a'i lygaid ar gau, fel tasai'n bell i ffwrdd ar ryw begwn o bleser lle na allai neb ei gyrraedd. Caeais fy nghot yn glep a chamu'n ôl.

'Dim diolch,' atebais yn swrth. 'Cer i Salcombe os ti isie mwy.'

Roedd ei wyneb yn bictiwr wrth imi redeg allan i'r car, gyda Liz wrth y llyw, yn refian fel ralïwr.

'Y bitsh wirion!' rhegodd, wrth i fi chwifio arno'n serchog. Pwysais fy mhen allan drwy'r ffenest agored a gweiddi, 'Keith Richards myn yffarn i – ti mwy fel Captain blydi Pugwash.'

Codais ddau fys arno, er bod selogion Minny Street yn edrych yn gegagored arna i o'r tŷ gyferbyn. Saethodd Liz o'r pafin fel roced, cyn rhuo i lawr y stryd yn y Mini bach glas. Ar yr un pryd, taniodd y peiriant casetiau fel bod y Rolling Stones yn bloeddio i'r noson gynnes ac fe ganodd y ddwy ohonon ni 'It's all right now!' yr holl ffordd 'nôl i'r Halfway.

VILLA NELLCÔTE

Euron Griffith

Weithia fydda i'n clywed y miwsig. Mae o fel tasa fo yn y walia rywsut. Yn y cerrig. Yn y lloria a'r to. Faint o weithia dwi wedi cael fy neffro yng nghanol y nos yn ystod y misoedd dwytha ers i mi gyrraedd? Gormod o weithia. Dwi wedi colli cownt. Ac erbyn hyn dwi wedi dod i arfer â sŵn sacs Bobby Keys, bas Bill Wyman, drymiau Charlie a gitâr Keith. 1972. Dyna pryd oeddan nhw yma. Dros ddeugain mlynedd yn ôl erbyn hyn. Wedi dod draw i Ffrainc i osgoi bil treth oedd yn ddigon i grogi gwlad fach fel Lwcsemburg. Neu Bortiwgal. Dyma lle wnaetho'n nhw recordio *Exile On Main Street*, eu halbwm da dwytha cyn iddyn nhw droi'n rhyw fath o bantomeim chwerthinllyd ar lwyfannau'r byd gyda Mick mewn tracsiwt, Keith yn ymddwyn fel tsimpansî ar goll, Bill yn edrych yn *bored* (fel arfer) a Charlie fel tasa fo isio mynd adra. Ond mae'r hen walia yma'n cofio. Mae'r cerrig fel cynfas sydd wedi sugno'r miwsig fel paent. Dyna dwi'n 'i glywed bron bob nos. Y rhythm elfennol. Y *blues* o grombil y Mississippi Delta yn cael ei ffiltro drwy Dartford a'i ail-greu yma yn Ffrainc. Yma yn Villa Nellcôte.

'Mi ddoi di i arfer, Didier.' Dyna oedd Marcel wedi'i ddweud cyn iddo adael am Efrog Newydd. Pryd oedd hynny? Mehefin? Dechrau Gorffennaf? Dwi'm yn cofio. Ond dwi'n cofio'r geiria wrth iddo fo roi'r coffi i lawr ar y bwrdd ar y patio a thanio Marlboro arall.

'Dynion rhan fwyaf yn anffodus. Ti'n nabod y teip. Blewog, tew … canol oed. Maen nhw wrth y giât mewn crysau T y Stones a gyda Pentax neu Canon rownd eu gyddfau fel rhyw fath o droffïau anweddus.'

Dwi'n gwenu. Mae Marcel yn gwenu. Ond mae'r ddau ohonon ni'n gwbod pam dwi yma. Y ddau ohonon ni yn ymwybodol o'r tristwch.

'Be ti'n ddeud wrthyn nhw?'

'Dim byd,' meddai Marcel, fel taswn i wedi gofyn y cwestiwn mwya twp yn y byd. 'Fydda i jyst yn anwybyddu nhw.'

'Reit.'

'Wrth gwrs, mae rhai yn cynnig arian. Yn enwedig yr Americanwyr.' Mae Marcel yn mabwysiadu acen Americanaidd berffaith gan droi i'r Saesneg. 'Hey buddy, you wanna show me round this place? I just wanna see where the Stones hung out. I've come all the way from Wisconsin. I've got fifty dollars here.' Mae Marcel yn gwenu eto. Yn ysgwyd ei ben. Yn tynnu ar y Marlboro. Yn sipian ei goffi ac yn edrych allan ar yr ardd. Wedyn arna i. 'Fyddi di'n iawn yma, ti'n meddwl?'

'Byddaf.'

'Faswn i ddim wedi gofyn ond mae Mme Folliere a'i merch wedi mynd i'r Swistir ac mae Mnsr Vallebriand lawr yn Antibes. Fi 'di'r unig un yma, a rŵan dwi'n gorfod mynd drosodd i weld Sam yn Queens.'

'Dim problem,' medda fi.

'Yr unig dro i hyn ddigwydd o'r blaen oedd ddwy flynadd yn ôl. Y penderfyniad oedd cael gŵr diogelwch o Nice yma i warchod y lle. Ond nath o ddwyn diemwnt oedd yn perthyn i Mme Folliere. Oedd pawb yn awyddus i gael rhywun onast a dibynadwy yma tra bo pawb i ffwrdd.'

'A dyma chdi'n meddwl amdana i?'

'Pam lai? Ti ddim yn debygol o ddwyn diamwntia, wyt ti? Ac mi oeddat ti'n arfer bod yn swyddog diogelwch wedi'r cyfan.'

'Oedd hynna sbel yn ôl.'

Mae Marcel yn codi ei freichiau cystal â deud 'be 'di'r ots'.

'Ond dwi'n ddiolchgar i ti, Marcel. O ddifri. Mi fydd mis ne ddau yn y lle yma'n donic ar ôl bob dim sydd wedi digwydd.'

Mae Marcel yn nodio. Yn lladd y Marlboro yn y blwch llwch. Yn chwythu'r mwg fel draig. Yn edrych arna i.

'Ti wedi ffonio?'

Dwi'n ysgwyd fy mhen.

Mae Marcel yn nodio. Wedyn mae yna sŵn corn ýn canu tu allan. Mae Marcel yn siecio'i Rolex.

'Shit, well 'fi fynd.'

Mae o'n codi. Cusan ar y ddwy foch.

'Tecstia os oes 'na broblem.'

'Fydd 'na ddim,' medda fi.

Mae Marcel yn gwenu. Yn codi ei fag. Yn camu i lawr y grisiau at y giât. Yn codi ei law.

Mae olwynion y tacsi yn craclo dros y cerrig ac yn diflannu. Ar ôl ychydig dwi'n ymwybodol o'r adar.

Dwi yma ar ben fy hun.

Wnes i briodi'n rhy fuan. Dwi'n gwbod hynny rŵan. Tri deg. Sut fath o oed ydi hynna i ddyn briodi? I addo bod yn ffyddlon i un ddynas am weddill ei fywyd pan 'di o ddim yn teimlo'i fod o wedi blasu digon ar ffrwythau gwyllt bywyd? Mi oedd beth oedd Andre wedi'i ddeud y noson cyn y briodas yn wir.

'Pan wyt ti ar ben dy hun, Didier, does 'na'r un ferch yn sbio arna chdi. Ond gynta ti wedi priodi maen nhw'n synhwyro'r peth rwsut ac maen nhw'n heidio atat ti. Gei di weld.'

O fewn chwe mis oeddwn i wedi bod yn anffyddlon. Trip busnes i Marseille. Gwesty. Oedd y ferch yn eistedd yn y bar yn disgwl ei chariad ond oedd o heb droi i fyny. Mi aeth un glasiad o win yn dri. Wedyn yn bedwar. Cyn i mi wybod oedd y ddau ohonon ni yn y gwely. Hi oedd y gynta. Ond mi oedd 'na sawl trip busnes adeg hynny. Tu mewn i mi oedd yna ryw fath o gwlwm oedd yn amhosib i'w ddatod. Oeddwn i'n trio hefo pob un o'r merched oeddwn i'n gyfarfod fel hyn. Falla, oeddwn i'n deud wrtha i fy hun, falla mai'r tro yma fydd y tro pan geith y cwlwm ei ddatod ac mi fydda i'n rhydd wedyn o'r ysfa yma i fynd ar ôl pob un ferch sengl oedd yn gwenu arna i mewn bar.

Ond doedd y cwlwm byth yn mynd. Os rhwbath oedd o'n tynhau.

‘Hey buddy! You in there?’

Mae o wedi bod yn ratlo'r giât ers chwarter awr. Dwi'n dal yn fy mhyjamas wrth i mi sbecian drwy'r llenni. Gŵr tew a barfog mewn het pêl fas gyda ‘Broncos’ wedi ei sgwennu arni. Yn naturiol mae o mewn crys llun tafod y Stones.

‘I know you're there, man! I can see you!’

Mae 'nghalon i'n sboncio. Dwi'n cau'r cyrtens ac yn eistedd yn ôl ar y gwely. Dwi'n edrych ar y map. Mae yna sticeri bach glas dros rai o'r gwledydd. Pump dros Ffrainc. Tri dros yr Almaen. Pymtheg dros America. Chwech dros Brazil. Wyth dros Loegr. Un dros Gymru.

‘You gotta let me in, buddy! I got money. You want cash? I got dollars or Euros, man. Come on! Gimme a break here!’

Mae o'n ratlo'r giât am chwarter awr arall. Wedyn, ar ôl fy ngalw'n bob math o enwa, mae o'n cicio'r giât ac yn poeri trwyddi cyn ffonio am dacsi yn ôl i Nice.

‘Waw! A ti acshiyli'n *byw* yma?’

‘Wel,’ medda fi yn fy Saesneg gora, gan gau drws y selar anferth ar fy ôl, ‘dwi'n gwarchod y lle ar hyn o bryd.’

'Waw,' medda'r ferch eto, gan edrych o gwmpas y selar hanesyddol. Mae hi'n pwnio ei ffrind. 'Angie, sbia! Dyma le nath y Stones recordio *Exile*!'

Mae ei llais hi'n atseinio o gwmpas yr ystafell. Wrth gwrs, does 'na ddim byd yma erbyn hyn. Dim amps. Dim gitarau. Mae Gram Parsons wedi marw. Mick Taylor wedi gadael. Mick a Keith wedi ffraeo. Ac mae Charlie'n dal isio mynd adra.

'Ges i fy enwi ar ôl y gân,' meddai Angie, tra bod ei ffrind yn cerdded o gwmpas fel tasa hi mewn arddangosfa o gelf anhygoel ac amhrisiadwy.

'O reit,' medda fi. Hon oedd y drydedd Angie i mi gyfarfod ers i mi gychwyn gwarchod Villa Nellcôte. 'Diddorol.'

Mae Angie yn nodio. Yn dal i gnoi. Mae ei gwallt hi'n felyn ac yn hir. I ddeud y gwir, mae hi'n edrych reit debyg i Mick Taylor ers talwm. Mae yna ryw ddiniweidrwydd yn perthyn iddi.

'Dwi ddim yn ffysd am y Stones. Well gin i Eminem. Ond mae fy chwaer Mary-Louise yn meddwl bod nhw'n grêt. Dwi'n meddwl basa hi wrth ei bodd cael ei galw'n Angie. Ond dwi ddim yn meddwl 'swn i'n licio cael fy ngalw'n Mary-Louise. Mae o mor trashi.'

'Dach chi wedi dod yn bell?'

'Phoenix.'

'Poeth.'

'Gallu bod. Dan ni'n teithio Ewrop ar hyn o bryd cyn mynd i'r coleg. Dwi'n mynd i UCLA i neud Ffilm ac mae Mary-Louise yn mynd i Chicago. Wrth *gwrs*. Lle arall?'

Dwi'n gwenu.

'A'i syniad hi oedd dŵad yma, reit siŵr?'

Mae Angie yn sbio arna i ac yn fflachio mynegiant, 'Ie, wel be oeddach chdi'n feddwl?' Wedyn mae hi'n edrych ar ei chwaer ac yn dal i gnoi.

'Be 'di'r dil hefo fan hyn 'ta?' medda hi.

'Dwi jyst yn gwarchod y lle tra bo'r perchnogion i ffwrdd.'

'Swnio'n rêl blast.'

'Gallu bod.'

''Di o'n talu'n dda?'

''Di o'm yn talu o gwbwl. Dwi jyst yn neud o fel ffafr i ffrind.'

'Wel dwi jyst yn gobeithio fod o werth o.'

Mae Mary-Louise yn ôl.

'Waw,' medda hi eto, ei llygaid mor llydan â rhai tylluan. 'Fedra i ddim coelio 'mod i'n sefyll yn yr union le wnaeth Mick a Keith ganu 'Sweet Virginia!' Mae'r peth yn *amazing*! Dach chi'n siŵr dach chi ddim isio arian am hyn, Didier?'

'Na, dim o gwbwl.'

'Ond dwi mor ddiolchgar. Mae'r ddau ohonon ni mor ddiolchgar. Yn tydan, Angie?'

Awr yn ddiweddarach maen nhw'n codi llaw wrth y giât. Dwi'n gwenu ac yn codi llaw yn ôl. Wedyn, ar ôl iddyn nhw fynd, dwi'n eistedd ar y gwely ac yn rhoi dau sticer bach glas dros Phoenix.

Ond mae'r cwlwm yn dal yno. Mae o wastad yno.

'Rhywun i helpu o gwmpas y tŷ, 'na'r cyfan.'

Nid fy syniad i. Doeddan ni ddim angen help. Dim ond fi a Monique a'r ferch, Simone, oedd yno. Ond rŵan oedd Monique angen *au pair*. Wrth gwrs, oeddwn i'n gwybod y gwir reswm pam. Dros y bwrdd brecwast dyma fi'n clirio fy ngwddw a rhoi *Le Monde* i lawr.

'Jyst am fod Estelle dros y ffordd wedi cael *au pair* ti'n teimlo fod rhaid i ni gael un hefyd. Dyna ydi o'n de?'

'Paid â bod mor dwp, Didier! Wyt ti rili'n meddwl 'mod i mor arwynebol â hynny?'

'Na, ond …'

'Pwy sy'n llnau'r tŷ, Didier? Pwy sy'n golchi'r dillad a gneud yn siŵr fod Simone hefo digon o arian ar gyfer y bws? Pwy sy'n gorfod mynd yno i'w nôl o'r ysgol os ydi hi'n sâl? Fi, Didier, dyna pwy! A, rhag ofn i ti anghofio, dwi'n gorfod gweithio'n llawn amser hefyd!'

Felly dyma'r cyfweliadau yn dechrau. Rhes o ferched ifanc prydferth o bob cornel o Ewrop. I gyd yn awyddus i ddysgu Ffrangeg ac i gael profiad o fyw yn y wlad hefo teulu Ffrengig go iawn.

Ac, yn naturiol, o'r angylion yma i gyd, mi oedd rhaid i Monique ddewis y dympan dew a choman o Gymru.

'Oeddat ti'n meddwl 'mod i'n dew i ddechra.'

'Paid â bod yn wirion.'

'Ac yn goman.'

'Liz, ti mor paranoid.'

Mae hi'n eistedd i fyny yn y gwely ac yn gwenu'n ddireidus.

'O'n i'n medru gweld o ar dy wynab di. Mae dynion mor hawdd i'w darllan. Fatha Mills and ffycin Boon.'

'Mills a be?'

Mae hi'n codi ac yn rhoi'r *basque* yn erbyn ei chorff. Siecio'i hun yn y drych. Troi.

'Fydd Monique ddim yn meindio?'

'Tydi hi 'rioed wedi'i wisgo fo. Rhy fawr, medda hi.'

'Grêt. Diolch!'

'Sori.'

'Dwi'n maddau i ti.'

'Mae dy Ffrangeg di'n gwella.'

'Ti'n ffansïo gwers Gymraeg arall?'

'Tasa hi gystal â'r tair gynta fasa hynna'n grêt!'

'Twt twt. Didier yn hogyn drwg!'

'Tyd yma.'

'Fydd Monique yn bownd o'n ffeindio ni un pnawn.'

'Paid â phoeni. Tydi hi byth adra tan ar ôl chwech. Ac mae Simone hefo'i nain yn Juan les Pins. Tyd. Dwi'n desbret am fwy o wersi Cymraeg.'

Gwesty ar ôl gwesty. Tref ar ôl tref. Ond y tro yma does 'na ddim siawns o gael mynd yn ôl adra. A rŵan pan dwi'n mynd lawr i'r bar mae'r merched sengl i gyd yn fy anwybyddu. Dwi'n gwbod pam wrth gwrs. Dwi'n sengl eto.

Mae'r ffôn yn crynu yn fy mhoced. Marcel Lamont.

'Hei Marcel.'

'Ti'n dal yn styc yn y gwestai shit yna?'

'Dwi'n meddwl sgwennu teithlyfr.'

'Doniol iawn. Hei gwranda, mae gen i gynnig i ti. Fedra i ddim gweld hen ffrind yn rowlio o gwmpas y Riviera fel trempyn. Tyd rownd fory, iawn?'

'Ti'n dal i fyw yn y palas 'na?'

Mae Marcel yn craclo chwerthin ar ben arall y ffôn.

'Tydi o ddim yn balas, Didier. Fel cei di weld dy hun fory.'

Maen nhw'n dal yna. Dwi'n sbecian drwy'r cyrtens eto. Chwech. Falla mwy. I gyd yn sefyll yn berffaith lonydd ac yn edrych i fyny at y ffenest. Wrth gwrs, maen nhw'n gwbod 'mod i yma ond, yn wahanol i'r Americanwyr a'r Almaenwyr, tydi'r Siapaneaid ddim yn credu mewn bod yn bowld. Hanner awr. Dyna faint maen nhw wedi bod yn disgwyl. Dynion i gyd yn anffodus. Fasa sticer bach glas dros Tokyo wedi bod yn braf ond mae'r ynys yn debygol o aros yn wag am rŵan o leiaf. Pam dydyn nhw ddim yn pwyso'r botwm? Neu'n ysgwyd y giât? Neu falla yn gweiddi rwbath? Mae gweld y dynion jyst yn sefyll yno ac yn syllu yn ffrîci. Mae arna i awydd agor y ffenest a deud wrthyn nhw i gyd ffwcio yn ôl adra i Yokohama neu le bynnag. Ond dwi ddim yn gneud. Dwi lot yn rhy boléit hefyd. Yn y diwedd mae'r bws yn dod yn ôl ac maen nhw'n mynd yn ôl arno fesul un. Mae rhai yn tynnu llunia. Dwi'n eistedd yn ôl ar y gwely a gwrando ar injan y bws yn diflannu i lawr yr allt. Ar ôl ychydig mae'r adar yn trydar eto. Wedyn mae'r gloch yn canu.

'O blydi hel!'

Dwi'n codi ac yn sbecian drwy'r llenni gan ddisgwyl gweld un o'r Siapaneaid yno fyth. Falla 'i fod o wedi colli'r bws. Ond na.

Monique sydd wrth y giât.

⁂

'Felly fama ddest ti i guddiad, ia?'

Mae hi'n edrych rownd yr ystafell gyda chryn ddirmyg.

'Wel, dim cuddiad yn hollol. Marcel nath ofyn i mi warchod y lle am ychydig, dyna'r cyfan. Fel ffafr, dwi'n meddwl. Oedd o'n gwbod pa mor anhapus o'n i'n mynd o un gwesty i'r llall.'

'Ia, wel dan ni i gyd yn gwbod bai pwy oedd hynna, yn dydan?'

Tawelwch. Car yn pasio yn y stryd. Fyd i ffwrdd. Mor bell â Jiwpiter. Mae Monique yn sylwi ar y map hefo'r sticeri glas.

''Di bod yn brysur, dwi'n gweld?'

'Di o ddim be ti'n feddwl.'

'Dwi'm yn idiot, Didier. Dwi 'di bod hefo chdi ddigon hir. Dwi'n dy nabod di'n eitha da erbyn hyn. America ar y brig, dwi'n gweld?'

Dwi'n clirio fy ngwddw.

'Marcel nath ofyn i mi warchod y lle oherwydd 'mod i wedi bod yn swyddog diogel ...'

'O Didier bach! Paid â deud wrtha i fod Marcel yn

coelio'r rwtsh 'na am fod yn swyddog diogelwch! Fuost ti 'rioed yn agos i swyddfa ddiogelwch yn dy fywyd! Athro oeddach iddi, Didier, ac athro digon gwael hefyd, 'sai'n dŵad i hynny. Ond na, oedd rhaid i Didier smalio fod o'n rwbath lot mwy cyffrous. Be oedd o pan naethon ni gyfarfod gynta? Cyn gadael y *Foreign Legion*. A oeddach chdi hefyd wedi bod hefo NASA am sbel. O'n i'n ffŵl naïf ar y cychwyn, Didier, fel rhai o'r sticeri bach glas 'na, reit siŵr, ond tydw i ddim yn ffŵl bellach. Rŵan, ti am ddŵad adra 'ta be?'

'Ond …'

Mae Monique yn ochneidio.

'Nid er fy mwyn i. Ond er mwyn Simone. Gawn ni gysgu mewn stafelloedd ar wahân am rŵan o leia. Wedyn gawn ni weld sut eith petha. Ond mae rhaid i ti stopio mynd ar ôl genod eraill, ti'n deall? O rŵan ymlaen dwi isio i ni fod yn briod go iawn. Dechreuad newydd.'

Dwi'n nodio. Yn araf bach dwi'n teimlo fy nghorff yn llacio. Fel tasa na fysedd bach yn datglymu rhaff tu mewn i mi.

'A chei di ddechra gan dynnu'r map gwirion 'na i lawr a ffonio'r bitsh dew 'na o Gymru. Dwi'n gwbod yn iawn dy fod ti wedi trefnu'i gweld hi yn Nice mis nesa. Ond mae hynna drosodd, Didier. Ti'n clywed?' Mae hi'n pasio fy ffôn i mi. 'Rŵan Didier. Ffonia hi.'

Llyncu poer. Pwyso'r botymau. Gwrando ar y rhifau yn disgyn i'w lle. Wedyn y canu. Y clic. Llais Liz.

'Didier?'

'Haia Liz. Gwranda …'

BALAST

Tony Bianchi

Es i draw i'r hen dŷ i ddweud wrth Dad bod Mam wedi marw.

Sefais wrth ddrws y ffrynt am bum munud, yn canu'r gloch, yn edrych trwy'r blwch llythyrau, yn difaru nad oeddwn i wedi ffonio ymlaen llaw. Ond o ffonio, a dweud fy enw, byddai tawelwch ofnadwy wedi dilyn ac yna: 'Pam nawr ...? Pam nawr, ar ôl cymaint o amser?' A byddwn i wedi gorfod dweud wrtho. A sut mae dweud peth felly dros y ffôn? Daeth Mrs Robson drws nesaf allan wedyn i fynd â'i chi am dro. Roedd golwg ddigon sionc arni hefyd. Er bod ei gwallt wedi gwynnu, doedd fawr o newid yn yr wyneb. Llyfn fel tin babi. Bochau pinc. A gwên lydan fel petai hi ar fin cynnig losin i mi eto.

'Ma' fe mas y bac,' meddai. 'Yn gwitho yn yr ardd. Fydd e ddim yn clywed y gloch o f'yna.' A sefyll am ychydig, yn edrych arna i, yn ceisio cofio a oedd hi'n fy adnabod. 'Af i i weud wrtho fe os ych chi moyn.' A sefyll eto, gan ddisgwyl neges, neu enw. Byddwn i wedi dweud wrthi hefyd, ar ryw ddiwrnod arall. Dweud nad oedd hi wedi newid dim. Byddai hi wedi cofio wedyn, a gweld y groten fach yn fy wyneb. Ond ddim heddiw. Diolchais iddi a dweud yr awn i drwy'r lôn gefn.

'Chi'n gwybod y ffordd, 'te?'

Nodiais fy mhen a gwenu.

Wedi troi'r gornel oedais am funud. Roedd wal gefn Mrs Robson yn ddigon uchel i'm cuddio. Un weddol newydd oedd hi, wedi'i gwneud o frics, ac yn llawer uwch na'r hen un. Gallwn edrych dros honno, hyd yn oed pan oeddwn i'n fach. Dringo drosti hefyd. Roedd hon yn dalach na fi a phrin y byddech chi'n gwybod bod yna ardd i'w chael yr ochr draw. Clywais dap-tap trywel neu fforch o'r ardd nesaf, ein gardd ni. Gwnes lun yn fy meddwl o Dad slawer dydd, yn plygu i lawr, yn gwneud ei waith, a minnau'n gwybod nad oeddwn i fod i dorri ar ei draws. A sut mae dweud rhywbeth felly wrth ddyn yn ei ddillad garddio, a'i drywel yn ei law? Clywais sŵn bag trwm yn cael ei lusgo dros goncrit. Peswch wedyn. Ei beswch e. Yna'r tap-tap eto. A phetawn i ddim yn dweud *hynny* wrtho, a'i ddweud e ar unwaith, beth arall allwn i'i ddweud? Ac ar ôl cymaint o amser?

O glywed y peswch eto bu bron i mi wangalonni a throi am adref. Roeddwn i wedi gwneud ymdrech deg, mwy o ymdrech nag yr oedd yn ei haeddu. Doedd methu ddim yn syndod, ddim o dan yr amgylchiadau. Roeddwn i wedi blino ar ôl y daith hir. Allwn i ddim cael hyd i'r geiriau. Roedd cymaint o flynyddoedd wedi mynd heibio, a dim gair. Ac i beth? I beth? Rhyw esgusion felly.

Ond addewid yw addewid.

Des i'n ôl o Efrog Newydd pan glywais i ei bod hi'n wael. Meddwl y byddwn i'n ôl ymhen y mis, i ailgydio yn fy mywyd, i geisio anghofio Eddie. Ond doeddwn i ddim wedi deall pa mor wael oedd hi.

'Well i ti ddweud wrth dy dad,' meddai Mam, ar ôl iddi gael ei symud i'r hosbis.

'Wyt ti eisiau'i weld e?' A methu cuddio'r syndod yn fy llais. Ond roeddwn i wedi camddeall.

'Ar ôl i fi fynd,' meddai, gan wybod bod y diwedd yn agosáu. Ac yna, 'Mae dy chwaer di'n gwybod yn barod.'

'Sara?' Dim ond un chwaer fu gen i erioed ac roedd hithau wedi marw ugain mlynedd ynghynt.

'Dwedais i wrthi neithiwr, pan alwodd hi heibio.'

'O.'

Rhyw ddwldod fel 'na oedd hi i gyd, tua'r diwedd. Effaith y cyffuriau. Neu'r salwch. Y ddau, siŵr o fod. Roedd gen i esgus parod yno, petai angen un. 'Siarad dwli o'dd hi, Dad, erbyn y diwedd. Dim byd ond dwli.' Cadw'r stori'n fyr. ''Na i gyd gallech chi neud oedd nodio'ch pen a trial rhoi bach o gysur iddi.' A fyddai dim angen dweud rhagor. Dwli oedd dwli. Troi a mynd wedyn.

Yna, 'Wyt ti'n addo?' A Mam yn deall yn iawn beth roedd hi'n ei ddweud.

A minnau'n gorfod addo.

Yna, 'Gweud wrtho fe, cofia. Nage hala llythyr. Ei weud e, yn ei wyneb. Bo' fi wedi mynd. Bo' fi wedi cael 'y nghladdu a'r cwbwl.' Oedodd. Gwelodd fy anesmwythyd. 'Alli di neud 'na?'

'Galla.'

'A gweud pwy o'dd yn yr angladd? A beth gath ei weud?' Fel petai hi'n ceisio dwysáu'r anesmwythyd hwnnw, fel y byddai'n parhau, fel y byddai Dad yn ei weld e hefyd, maes o law. Ac yn dychmygu'r dryswch a'r gofid yn ei wyneb yntau. 'Gwd,' meddai.

'Galla.'

Cododd ei haeliau. 'Wyt ti'n siŵr?'

'Ydw.'

Nodiodd ei phen. ''Na fe, 'te. Gwd.'

Mam druan.

Cerddais ymlaen, dim ond ychydig droedfeddi, at ein wal ni, a honno'n ddigon isel i mi weld drosti. A dyna fe, yn ei getyn bach o ardd, yn chwynnu'r border blodau, yn union fel y byddai'n ei wneud pan oeddwn i'n fach. Sefais a'i wylio. Safai yntau yn ei gwman, a'i gefn tuag ata i, a'i sylw wedi'i hoelio ar ei waith. Pwysai'i fraich chwith ar ei ben-lin a thynnu'r chwyn â'i law dde. Rhoddai siglad i bob un yn ei dro, i gael gwared â'r pridd, ac yna eu taflu i ridyll. Bob hyn â hyn, wrth ganfod gwreiddyn mwy ystyfnig na'i gilydd, estynnai am fforch a thyrchu â honno am sbel, ond heb darfu ar ei rythm. Symudai'i gorff o ochr i ochr yn araf ddiffwdan, mor sicr â phendil. Roedd hyn i gyd yn gyfarwydd i mi. Dad oedd hwn.

Pan ddaeth i ben eithaf y border, safodd i fyny i gael hoe fach ac edmygu ffrwyth ei lafur. Bûm yn ystyried a ddylwn i fanteisio ar y seibiant bach hwn i'm cyflwyno fy hun. Gallwn i agor y gât, ffugio pesychiad bach, llusgo traed ar y cerrig mân: siawns na fyddai un o'r pethau hyn yn tynnu'i sylw. Yn lle hynny, oedais am funud arall. Gwyddwn, ym mêr fy esgyrn, fod yr hoe fach honno hefyd, gallech chi ddweud, yn rhan o'r drefn, a cham gwag fyddai torri ar draws trefn Dad pan oedd e wrth ei waith. Yn y diwedd, doedd dim angen i mi wneud dim. Wedi cael ei wynt ato, wedi ystwytho'i ysgwyddau, trodd i gychwyn ar y border arall. Fe'm gwelodd trwy gil ei lygad.

'Ga i'ch helpu chi?'

Prin yr oeddwn i'n ei adnabod. Roedd e wedi colli'r rhan fwyaf o'i wallt. Roedd ei wyneb fel petai wedi'i gladdu ym mhen rhyw ddyn arall – dyn tew, hynod flinedig – fel bod angen i chi fynd i gloddio er mwyn cael hyd i'r hen nodweddion cyfarwydd.

'Dad.'

Edrychodd arna i wedyn, gan grychu'i dalcen a thynhau'i wefusau, fel y gwna pobl fyr eu golwg wrth geisio gweld pethau pell.

'Teresa?'

'Ie.'

'Ti sy 'na?'

'Shw' mae, Dad.'

Safodd yn ei unfan, heb ddweud dim, fel petai'n ceisio deall byrdwn y cyfarchiad. A minnau'n gwneud fy ngorau i ddarllen ei wyneb yntau, i weld a oedd e'n gwybod am Mam yn barod. Efallai fod rhywun wedi clywed sôn – ffrind ysgol, rhywun oedd heb gael yr hanes i gyd – a meddwl, 'Druan â'r hen foi, well i fi hala gair bach o gydymdeimlad', ac achub y blaen arna i. Byddai hynny'n annhebygol ond doedd hi ddim yn amhosib.

'Chi'n dal i joio'r ardd,' dwedais i, er mwyn llenwi'r bwlch. Nodiais fy mhen i gyfeiriad y border blodau.

Ac os oedd e'n gwybod yn barod, efallai'i fod yntau'n chwilio am y geiriau priodol hefyd, yr un peth â minnau, a methu cael hyd iddynt. Ond dyna i gyd wnaeth e oedd edrych ar y blodau, ac yna ar ei ddwylo. 'Dwi ddim wedi cael amser ... O'n i ddim yn gwbod bo' ti'n dod ... 'Se ti wedi ffono, bydden i wedi ... Bydden i wedi ...'

Doedd Dad ddim yn gwybod beth fyddai wedi'i wneud. Doedd Dad yn gwybod dim.

'Mae Caerdydd wedi altro,' dwedais i.

'Wedi altro lot,' dwedodd yntau. 'A finnau hefyd.' Pwyntiodd at ei ben moel, yn falch o gael llenwi bwlch arall.

Gwenais. 'Mae'r ardd yr un peth.'

Roedd hynny'n syndod hefyd, bod yr ardd yn gywir fel y bu, hyd yn oed yr hen wal. Wal gerrig oedd hon, yn debyg i'r hen walydd i gyd yn y rhan yma o Gaerdydd: un isel, gymdogol. Pan oeddwn i'n ddeg, dwedodd Dad ei fod am ei thynnu i lawr a chodi wal frics yn ei lle, un uwch, i wneud y lle yn 'fwy preifat', fel roedd cymaint o bobl yn ei wneud yr adeg honno. 'Dim ond hen falast yw hi,' meddai. Gofynnais i Mam beth oedd balast, a soniodd am longau a glo. Gofynnais i Mr Robson drws nesaf wedyn, oherwydd roedd hwnnw wedi bod ar y môr. A dwedodd fod y cerrig wedi dod o bob man, llefydd fel Ffrainc a'r Eidal. De America hefyd, efallai, ond doedd e ddim yn siŵr am hynny. Hwyliodd i Buenos Aires unwaith, meddai, felly roedd y peth yn bosib. Bob tro'r awn i i'r ardd wedyn byddwn i'n swmpo un o'r cerrig a gwneud llun yn fy meddwl o draethau'r Côte d'Azur neu gamlesi Fenis. Fel petai'r ardd ei hun yn fath o long. 'Dim ond hen falast,' meddai Dad. A'r cerrig ddim yn perthyn i'w gilydd. Gormod o siapau gwahanol. Gormod o liwiau gwahanol. Byddai brics yn well.

Er gwaethaf popeth, roedd y wal gerrig yno o hyd.

'Wyt ti'n dod miwn, 'te?'

Rwtodd ei ddwylo ar ei oferôls i ddangos bod y cynnig yn un dilys. Agorais y gât a mynd i sefyll ar y cerrig mân.

'Cwpaned bach?'

'Bydde hynny'n neis.' Clywais y cryndod yn fy llais fy hun gan wybod ar unwaith mai cam gwag oedd derbyn y gwahoddiad oherwydd sut gallwn i adael i Dad ferwi tegil, arllwys dŵr i gwpanau, a Duw a ŵyr faint o bethau dibwys eraill, a thorri'r newyddion wedyn? Dyna pam dwedais i, 'Beth am gwpla hwn gynta?' A'i ddweud e'n uchel, gyda rhyw arddeliad ffug, er mwyn sadio fy llais. 'Bydde'n drueni gadel y gwaith ar ei hanner.'

Edrychodd ar y pridd wrth ei draed. 'Dim ond bach o chwynnu yw e ...'

''Na fe, 'te, byddwn ni'n neud e wap.'

'Ond ... dy ddillad.'

'Maen nhw'n iawn. Hen ddillad y'n nhw.'

Felly dyna wnaethon ni. Bu Dad yn tynnu'r chwyn a minnau'n mynd â nhw draw i'r domen fach wrth gefn y

tŷ. Bûm innau'n clirio'r deiliach a'r brigau wedyn a Dad
yn cymoni'r potiau.

'Sdim lle i gael porfa 'ma,' meddai Dad.

'Nag o's,' meddwn i.

'Diolch byth, yndefe?'

'Diolch byth?'

'Gormod o waith. Torri porfa. Lladd y chwyn.'

Buon ni'n dawel am sbel. Yn y diwedd roedd golwg
weddol raenus ar y cyfan.

A cham gwag oedd hynny hefyd.

Doedd y gegin ddim wedi newid chwaith, heblaw am y
ffwrn. Colli gwres wnâi'r hen un, hyd yn oed pan oeddwn
i'n fach, a Mam yn ei diawlio bob tro'r oedd angen cael
y cinio'n barod cyn i Dad fynd i weithio'r shifft hwyr.
Roedd y bwrdd yn yr un man. A'r seld, wrth gwrs, ond
edrychais i ddim yn rhy fanwl ar honno rhag ofn bod y
lluniau'n dal i sefyll yno, yn gwenu ar bawb fel petaen
ni'n deulu bach dedwydd o hyd. Rhag ofn bod lluniau
newydd yno hefyd, a buasai hynny'n ganmil gwaeth.
Ond aeth Dad i dynnu'r mygiau i lawr o'u bachau ac
allwn i ddim peidio ag edrych. Doedd dim llun i'w weld
yn unman. Roedd hynny'n rhyddhad, ond roedd yn siom
hefyd.

Eisteddais wrth y bwrdd. Roedd Dad yn dal ar ei
sefyll ac yn arllwys y dŵr i'r mygiau. 'Sori, sda fi ddim
byd i 'fwyta …' Edrychodd o'i gwmpas fel petai'n
gobeithio y deuai rhywbeth i'r golwg ar y funud olaf,

rhyw ddanteithyn roedd e wedi anghofio amdano. 'Galla i wneud brechdan … Brechdan gaws.'

'Sdim isie, diolch. Newydd gael rhywbeth. Jyst cyn i fi ddod.'

A sut mae symud o frechdan gaws at farwolaeth ei gariad cyntaf, a hithau ond yn hanner can mlwydd oed?

'So … Yng Nghaerdydd ti'n byw nawr, ife?'

'Nage … Na …' Siaradais am y coleg wedyn, a'm llwyddiant yno. Siaradais am weithio yn Efrog Newydd fel *intern* a datblygu fy ngyrfa yno. Siarad yn fy nghyfer am bum munud, a dweud dim am gartre. A Dad yn dal ar ei sefyll, yn sugno'i wefusau, yn ddigon bodlon gwenu a nodio'i ben, achos doedd diawl o ddim byd ganddo i'w ddweud. Siarad a meddwl, petawn i'n dechrau gyda'r marw, gyda'r ffeithiau moel, y pryd a'r ble a'r sut, i ble'r awn i wedyn? Oedd angen sôn am y gwendid ar y galon a'r poenau dirdynnol a'r chwydu a'r drysu? Oedd angen dweud pa mor ffwndrus oedd hi erbyn y diwedd, heblaw pan oedd hi'n siarad amdano *fe*, a'r pryd hynny roedd ei meddwl fel rasal? Ac yna'r angladd. Sut gallwn i beidio â dweud bod yr angladd wedi bod? A na, dim camgymeriad oedd e, doedd e ddim i fod i gael gwahoddiad. Sori.

Addewid oedd addewid.

'Ti wedi mynd i edrych yn debyg iddi.'

'Mm?'

'Dy fam. Ti'n edrych yn debyg iddi. I fel o'dd hi'n edrych yn dy oedran di. Yn dy wyneb.'

Teimlais binnau bach poeth yn fy mochau.

'Mae hi … Mae Mam …'

'Cario mwy o bwyse, falle.'

'Pwyse?'

Rhoes law ar ei fola. 'Wrtho' i gest ti hwnna, glei.' A chwerthin. Cystal â dweud, sdim ots beth wnest ti yn yr hen goleg 'na, merch dy dad wyt ti o hyd, merch dy dad fyddi di byth. Yna edrychodd allan trwy'r ffenest. 'Mae'n bechod o beth, t'mod.'

'Mm?'

'Bod hi wedi gadel fel 'na.'

'Ond …'

'Heb adel neges na dim …'

'Ond …'

'Peidio gadel rhif ffôn hyd yn oed. O't ti'n gwbod 'ny? Dim ffôn. Dim cyfeiriad. Dim.' Siglodd ei ben. 'Roedd hi'n ferch i finne hefyd, t'mod. Oedd. Paid anghofio 'ny. Roedd hi'n ferch i finne hefyd.'

Edrychodd arna i, â golwg ymbilgar yn ei lygaid. Ond gallwn i weld rhyw elfen gyhuddgar yno hefyd, yn y gwefusau tyn, yn y ffordd y safai yno, yn aros am ateb. Fel petai'n disgwyl i mi ymddiheuro ar ran Mam. 'Mae ganddi enw, Dad.' Dyna roeddwn i eisiau ei ddweud wrtho. Bod gan fy chwaer enw. A'i weiddi fe mas wedyn. 'Sara! Sara! Dwed e, Dad. Dwed Sara!' A thaflu'r cyhuddiad yn ôl yn ei wyneb. 'Ti o'dd yn dreifo, Dad. Bydde Sara yn dal 'ma 'se ti ddim wedi bod yn dreifo.' Ond roedd y ffôn yn crynu yn fy mhoced. Tynnais y ffôn allan a gweld yr hen olwg biwis, ddiamynedd yn meddiannu'i wyneb. Golwg o slawer dydd. Ac erbyn hynny roeddwn i'n falch o'r cyfle i droi fy nghefn arno am funud.

'Terri ... Ti sy 'na?' Llais Eddie.

'Sori, ffaelu clywed yn iawn ... Mae'r signal yn wael ... Aros funud ... Af i mas ... 'Na fe. Wyt ti 'na?'

Roedd Eddie wedi colli allweddi ei gar. Roedd ar frys i fynd i gyfarfod. Roedd wedi edrych ymhob man. Doedd dim golwg o'r allwedd sbâr chwaith, meddai. Wedi edrych ym mhob cwpwrdd. Ym mhob drâr. Oedd gen i syniad? Rhaid bod rhyw syniad gen i. Na, roedd e'n gwybod nag o'n i wedi bod yn y tŷ ers dros bythefnos, na, roedd e'n deall nag o'n i'n meddwl dod 'nôl chwaith, ond roedd e'n pallu credu nag o'dd rhyw ...

Es i'n ôl i'r gegin. Roedd Dad yn eistedd wrth y bwrdd, yn darllen ei bapur, yn esgus nad oedd dim yn bod.

'Dy fam?' A throi tudalen.

'Mm?'

'Ar y ffôn. Dy fam oedd ar y ffôn?'

'Pam wyt ti'n dweud 'ny?'

Ysgydwodd ei ben. 'Meddwl, 'na i gyd.'

'Meddwl beth?'

Rhoddodd ei bapur i'r naill ochr.

'Meddwl taw dyna pam ddest ti 'ma. Bod dy fam wedi dy hala di. I drial ... I drial ...'

'Cymodi?'

Cododd ei ysgwyddau. 'I weld allen ni roi cynnig arall arni.' Saib wedyn. 'I weld a fyddwn i'n fodlon ... t'mod.'

'Siarad?'

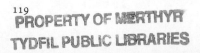

'Maddau. I weld a fyddwn i'n fodlon maddau iddi.'

Nodiais fy mhen. 'Maddau.' Trois y gair ar fy nhafod. 'Maddau. Ie, wrth gwrs.'

'Mi fyddwn i, t'mod. Byddwn i'n fodlon maddau iddi. Smo dyn damed gwell o ddal dig, ddim ar ôl cymaint o flynydde.'

'Eitha reit, Dad. A rwyt ti'n iawn. Ar gais Mam y des i 'ma.'

'Wedes i, 'ndo? Wedes i.' Saib. 'Peth od na fydde hi'n dod ei hunan, cofia. Nag wyt ti'n meddwl? A hala ti yn ei lle hi. Peth od.'

'Roedd yn anodd iddi.'

'Anodd?'

'Doedd hi ddim isie gwneud dim byd ar hast, roedd hi …'

'Peth cachgïaidd hefyd, bydde rhai yn gweud. Hala 'i merch i siarad drosti.'

'Dyw hi ddim wedi bod …'

'A finne â chymaint i weud wrthi hefyd … I gael pethach yn strêt eto. Ti'n deall beth sy 'da fi?'

'Dyw hi ddim wedi bod ar 'i gore'n ddiweddar, Dad.'

'Naddo?'

'Naddo. Mae isie i ti fynd i siarad â hi dy hunan.'

'Wyt ti'n credu 'ny?'

'I ddweud wrthi nad wyt ti ddim yn dal dig … Dy fod ti'n barod i faddau.'

A thawelwch wedyn, am ychydig, tra oedd Dad yn dychmygu'r aduniad hapus, yn llunio'r brawddegau cywrain hynny a fyddai'n cyfleu'r maddeuant angenrheidiol heb swnio'n rhy lawdrwm nac yn rhy lywaeth.

'Oes gen ti feiro?'

Aeth Dad i mofyn beiro o'r seld. Cefais afael yn ei bapur a sgrifennu cyfeiriad yr hosbis ar ymyl y ddalen flaen. Ddim yr enw, dim ond y rhif a'r stryd.

'Glasgow?'

'Ers pum mlynedd.'

'Mae tŷ 'da hi yn Glasgow?'

'Fflat. Dim ond fflat fach.'

'Oes 'da ti rif ffôn iddi?'

'Mae isie i ti fynd, Dad. I gael siarad â hi wyneb yn wyneb. Fel y'n ni'n neud nawr, fan hyn.'

'Ond i drefnu amser … I ddweud …'

'Sdim ffôn i ga'l 'da hi, Dad.'

'Dim ffôn?'

'Dyw hi ddim yn mynd i unman, Dad. A fydd hi ddim yn gweld o chwith bod ti'n troi lan. Smo hithe'n dal dig chwaith, ddim erbyn hyn. Rwy wedi siarad â hi, dim ond cwpwl o wythnose'n ôl, ac mae 'da hi lot i weud wrthot ti.'

Ac roedd hynny'n ddigon am y tro. Bydda i'n galw'n ôl wedyn, i weld sut aeth e, ac i sôn am yr angladd. Achos addewid yw addewid.

Y MYND A'R DOD

Huw Lawrence

Roedd parti ymlaen yn y King's Head. Parti ydoedd i ffarwelio â Ceri Jones, canwr ifanc gyda'r grŵp roc-gwerin, Yr Amseroedd, a oedd yn gadael am Lundain i astudio miwsig.

Daeth fersiwn Mal Williams, athro ifanc yn ysgol y pentref, o 'Bugeilio'r Gwenith Gwyn' i ben a dyma fe'n estyn y gitâr i Ceri. Yn debyg i'r llanc yn y gân, roedd Ceri hefyd wedi arfer gweithio ar y tir, ac yntau'n fab ac yn ŵyr i weision fferm. Bu curo dwylo mawr wrth iddo ddechrau'r gân 'Dechrau Newydd yw Pob Diwedd' a wnaethpwyd yn boblogaidd gan Yr Amseroedd. Tra oedd Ceri yn perfformio, roedd ei fam Lisa yn syllu ar Anna, ei gariad o Lundain. Hi, efallai, oedd y prif reswm yr oedd wedi dewis mynd yno.

Eisteddai Lisa wrth y wal o dan ffotograffau oedrannus o longau hwylio ym mhorthladd Aberystwyth ac o strydoedd y dre yn yr hen ddyddiau. Roedd hi'n hanner cant oed, ac yn dal yn ffigur eithaf deniadol gyda'i gwallt golau naturiol a'i gwên barod. Ond gwên ddigon digalon oedd ganddi i Ceri wrth iddo orffen canu a dod draw ati. O le ro'n i'n eistedd, methais i glywed beth yn union ddywedodd Ceri wrthi, ond clywais ateb emosiynol Lisa yn glir: 'Ond wyt ti'n mynd mor *bell*.'

Codwyd y geiriau fel cytgan drist gan Ceirios-cut-and-blow. Hi fyddai'n trin gwallt merched y pentref. Fe ganodd hi'r llinell yn dorcalonnus ar y dôn yr oedd Ceri newydd ei chanu. Ymunodd Nona Lewis yn yr hwyl a chanu i wyneb Ceri: 'O mor bell o dy fam rwyt ti'n mynd.' Un a oedd bob amser yn barod am bach o sbort oedd Nona. Nesaf ati eisteddai Sara Pugh, a oedd yn hŷn na'r ddwy arall, er bod ganddi wallt trawiadol o ddu (diolch i Ceirios-cut-and-blow). O dan ei gwefus wedi'i guddio'n aflwyddiannus â phowdwr, preswyliai man geni, a symudai i fyny ac i lawr wrth iddi ganu: 'O mor bell o'i fam, o'i fam.' Ar y pryd, roedd ei merch yn ymweld â hi o Fryste ac eisteddai wrth ei hymyl gyda'i mab bach Llŷr (wn i ddim beth roedd bachgen wyth oed yn ei wneud yn y dafarn am naw o'r gloch y nos). Yr oedd Llŷr yn helbulus cyn iddo sylweddoli mai testun chwerthin oedd hyn i gyd i'r gwragedd.

'O mor bell o'i fam, o'i fam,' roedden nhw'n llefain, a Llŷr nawr yn ymuno.

'Rwy'n fachgen mawr nawr, chi'n gweld, Mam,' meddai Ceri â gwên.

Ond dal i edrych yn drist a wnâi Lisa.

'Mam,' meddai Ceri, 'stopiwch yr act yma, wnewch chi, plis. Nid mynd i Awstralia rydw i, a fydda i gartre dros y gwyliau, a'r rheiny bron â bod yn hanner y blydi flwyddyn! Dych chi ddim arfer ag yfed cymaint. Gwell i chi beidio cael rhagor.'

'Paid â chymryd dim sylw ohona i, Ceri bach,' meddai Lisa. 'Cer di'n nôl at dy ffrindiau ac Anna a mwynha dy hunan.' A throdd Lisa ei llygaid tuag at y ffenest.

Aeth Ceri at ei frawd Meurig a chwyno am ei fam, a hyn i gyd o fewn clyw Mal. Fe gariodd ef yr hanes ataf i o fewn dim o dro – sy'n awgrymu pa mor gyflym mae newyddion yn lledu ar hyd y pentref. Dywedodd Ceri wrth Meurig ei fod wedi cael llond bol ar Lisa yn ceisio gwneud iddo deimlo'n euog byth a beunydd. Dim ond mynd i'r coleg fel pawb arall roedd e'n neud, cwynodd.

Dyma Mal nawr yn dechrau canu 'Ffarwel i ti, Gymru' – o bopeth! Yn y gân mae'r Cymro, wrth droi'n alltud, yn rhestru'r holl bethau y bydd yn eu colli. Drwy'r ffenest, syllodd Lisa ar yr heol a oedd yn arwain at y tŷ cyngor lle nyrsiodd hi ei gŵr yn ei salwch olaf. Unigrwydd oedd yn ei disgwyl yng ngolau'r gegin o hyn ymlaen – dyna ddywedai ei hwyneb.

'Dyna fachgen hyfryd sy gen ti,' meddai Nona wrth Lisa. 'Dau fachgen hyfryd,' ychwanegodd gan sylwi ar Meurig yn dod draw atynt.

'Sen i ddim ond wedi gallu cadw un ohonyn nhw,' meddai Lisa.

'Dyma'r ffordd fuodd pethe erioed,' meddai Sara gan geisio ei chysuro hi. 'Mynd y maen nhw i gyd, bron pob un, Lisa fach.'

'Am fod dim byd iddyn nhw fan hyn,' ychwanegodd Nona.

'Chi'n OK, Mam?' gofynnodd Meurig wrth gyrraedd eu bwrdd.

Gwenodd Lisa a chydio yn ei law.

'Ie, mynd ma' nhw i gyd,' meddai Sara. 'Cerddodd dau o 'nheulu i o Benrhyn-coch i Lanelli, pisyn chwech yr un yn eu pocedi. Naethon nhw'n dda hefyd.'

'Beth? Pryd oedd hyn?' gofynnodd Ceirios-cut-and-blow.

'Wel … oedd y ddau yn ifancach na Mam-gu, a chafodd hi ei geni ym 1890, felly …'

'Beth? Dros gan blydi mlynedd yn ôl? Beth sy arnat ti?' sgrechiodd Ceirios yn syn.

'Tybed oedd y lein yma bryd hynny?' gofynnodd Nona, yn synfyfyrio. 'Bownd o fod erbyn hynny. Duw annwyl, yr holl hanes ma' dyn heb ddeall yn iawn. Diffyg addysg.'

'Pam wyt ti eisiau gwbod, ferch?' holodd Ceirios-cut-and-blow.

'Ond hwnnw wnaeth y gwahaniaeth i gyd, y trên llaeth,' meddai Nona wrthi. 'Un o Rydlewis oedd fy nhad, lle ofnadwy o dlawd, ond roedd Llanybydder yn ffynnu. Roedd hi ar y lein, ti'n gweld.'

'Yn sicr daeth y lein i Aberystwyth,' meddai Meurig. 'A phiti caeon nhw fe, 'fyd.'

'Cerdded wnaethon nhw, dim trên. Gyda phisyn chwech,' meddai Sara.

'Ie, siŵr,' meddai Ceirios-cut-and-blow.

Pwysodd Sara ar y bwrdd a syllu ar Ceirios. 'Ie, pisyn chwech!' meddai yn heriol, ac edrych ar Nona. 'Dyna ffordd oedd pethe, Nona fach, yntê?' Trodd at Ceirios-cut-and-blow eto, a'r man geni yn symud i fyny ac i lawr dan ei gwefus: 'Beth wyt ti'n gwbod, ferch? Ti'n cofio dim. Ma' mwy o arian fan hyn nawr nag sy wedi bod erioed. Oedd winwnsyn wedi pobi yn bryd amser 'ny, â thipyn bach o fenyn a phybyr. Faint gostiodd y ffôn bach 'na yn dy gwdyn di? Slawer dydd fydde neb yn talu i gael ei gwallt wedi'i neud. Beth fydde wedi bod 'ma i ti wedyn?'

'Pwy wedodd ddim yn enw'r Tad?' meddai Ceirios-cut-and-blow. 'Beth ddechreuodd hyn?'

''Run fath i bawb oedd hi bryd 'ny,' meddai Nona. 'Nid fel nawr. Tai newydd ym mhob man. Pwy o fan hyn sy'n gallu fforddio nhw?'

'Bydden i ddim yn meindio cael un,' meddai Meurig. 'Rwy wedi bod yn cadw llygad ar agor am waith o fewn cyrraedd ers bo' Sharon yn disgwyl.'

'A chroeso mawr fydde yma i ti hefyd,' meddai Sara. 'Ma' cymaint o Saeson yn dod, rhaid gofyn beth ddiawl ma' nhw i gyd yn gweld yn y lle.'

'Ry' ni'n mynd draw fynna hefyd, cofia,' dywedodd Ceirios-cut-and-blow.

'Ydyn, am waith,' meddai Sara, gan syllu arni eto. 'Ond sdim i gael fan hyn iddyn *nhw*, nag oes.'

Cododd Ceirios-cut-and-blow ei hysgwyddau.

'Ma' nhw'n galw "the white flight" arno fe, Mrs Pugh,' meddai Meurig. 'Achos y mewnlifiad i ddinasoedd Lloegr.'

'Bywyd creulon sy y tu ôl i hwnna hefyd, siŵr,' meddai Nona. 'Pwy fydde'n dewis gadael cartref am byth i fyw yng ngwlad rhywun arall?'

'Yn hollol,' meddai Meurig.

'Wel, dyna beth mae'r Saeson yn neud,' meddai Sara. 'Tra bod Meurig fan hyn yn gorfod byw yn Lloegr.'

Gweithio roedd Meurig i gwmni a oedd yn arbenigo mewn deunydd amddiffyn yn erbyn tân. Yr oedd wedi symud dair gwaith yn barod gyda'i swydd, a nawr roedd ei bartner Sharon wedi dweud yn blwmp ac yn blaen na fyddai'n fodlon symud dim rhagor am fod rhaid i blant gael lle sefydlog.

'Mae'n debyg mai yn Derby byddwn ni nawr,' meddai Meurig wrth Sara.

'Shwd le yw e 'te?' gofynnodd Nona.

'Iawn. Os wyt ti'n byw ar ben dy hun maen bosibl i ti farw a gorwedd yn y man am wythnos heb fod neb yn dy ffindo di.'

'Mae Llundain yn waeth byth,' meddai Lisa.

'Ydi, ond yn agos i Anna, siŵr,' atebodd Meurig. 'Gwell i ni drio dod ymlaen â hi. Efallai fydd pethe'n parhau rhyngddyn nhw. Ma' pethe rhyfeddach wedi digwydd.'

Yr oedd Mal erbyn hyn yn canu 'Y Fwyalchen', alaw hyfryd am lanc gwrthodedig yn galw ar aderyn du i gario neges at ei anwylyd ddi-hid. Roedd gan Mal lais cystal â'r aderyn, gwell na llais Ceri a dweud y gwir, ond doedd ganddo ddim uchelgais mwy na chanu mewn tafarn neu neuadd bentref. Rhoddodd Meurig ei fraich o gwmpas ysgwyddau ei fam: 'Peidiwch yfed rhagor, Mam. Chi'n gwbod ffordd mae e'n neud i chi ddigalonni. Cymerwch Babycham tro nesaf.'

Rhoddodd Lisa wên drist.

Nid oedd yn gyfrinach mai Ceri oedd ei ffefryn. Wrth i'r ddau fachgen dyfu fe berswadiwyd hi fod Ceri yn blentyn arbennig a bod dyfodol disglair o'i flaen, ac wrth gwrs, roedd Ceri wedi cael llwyddiant yn barod. 'Yr Amseroedd' oedd un o grwpiau pop mwyaf llwyddiannus Cymru. Roeddynt i'w gweld yn aml ar y teledu ac mewn gigs yn cefnogi grwpiau enwog yn ninasoedd Lloegr. Y llwyddiant hwn a rwystrodd Ceri rhag mynd i'r brifysgol hyd yn hyn, ac yntau'n ddwy ar hugain oed. Gyda'i wallt melyn a'i lygaid glas, yr oedd yn seren ar y llwyfan. Dyna sut lwyddodd Ceri i swyno merch mor hardd a chyfoethog ag Anna.

Ar yr olwg gyntaf yr oedd Anna fel unrhyw ferch hardd arall, yn dal ac yn fain mewn jîns, a'i bronnau bach yn daclus yn ei chrys T. Ond fydde hi ddim cweit yn iawn ei chymharu ag unrhyw ferch arall. Yr oedd gan ei theulu gysylltiadau aristocrataidd, os rhai pell, a magwyd Anna mewn amgylchfyd tra gwahanol i dŷ cyngor gwraig weddw mewn pentref Cymreig. Doedd Ceri yn malio dim am y cefndir hwn ac roedd wedi arfer cael merched yn dwlu arno. Bellach roedd yn byw mewn byd newydd ymhell o fyd ei fam a oedd wedi gweithio fel morwyn a hefyd fel gweinyddes mewn caffi. Doedd hen drefn gymdeithasol ddoe yn golygu dim i Ceri, ond roedd Lisa yn dawel ac yn wyliadwrus yng nghwmni Anna.

Wrth i'r ystafell ffrwydro mewn cân neu chwerthin byddai Anna yn ymuno, er nad oedd hi'n deall nesaf i ddim o'r iaith, ond sylwais unwaith ar ei chwerthin yn hercian a'i llygaid yn symud yn ansicr wrth iddi deimlo llygaid Lisa yn syllu arni.

Dechreuodd y gwragedd gofio am y bechgyn a'r merched oedd wedi gadael, yn eu plith cariad cyntaf Ceri, Liz Morgan a aeth i weithio fel nani yn Ffrainc.

'Bydde Lisa yn hapus 'tai Liz a Ceri yn dal gyda'i gilydd, rwy'n siŵr,' meddai Nona nawr.

'Duw, Duw, Nona fach, plant ysgol oe'n nhw,' atebodd Lisa.

Ond doedd barn Nona ddim ymhell o'i lle.

Galwodd Ceirios-cut-and-blow ar draws yr ystafell ar Mal i ofyn lle'r oedd merch hon a hon neu hwn a hwn.

Doedd y gwragedd ddim yn gallu cofio pawb.

Meddai Sara yn ddiserch: 'Dyw'r plant heddi ddim yn gwbod eu geni. Ro'n ni'n gorfod dioddef bod yn styc fan hyn.'

Cymerodd Mal y gitâr a chynigiodd hen gân Albanaidd o'r enw 'The Old House', gan orliwio'r sentimentalrwydd yn fwriadol:

Here's where the children played games in the heather,
Here's where they sailed their wee boats on the burn,
Where are they now? Some are dead, some have wandered,
No more to their homes will these children return.

Dywedodd Lisa fod angen awyr iach arni ac aeth i sefyll y tu allan i ddrws agored y dafarn.

Syllodd Meurig yn grac ar Mal a throi tua'r drws, ond roedd Lisa erbyn hyn yn siarad â Sara wrth iddi hithau o'r diwedd benderfynu mynd â'r crwt adref. Felly trodd Meurig yn ôl at Mal a rhoi llond ceg iddo.

'O, yn enw'r Tad, ymlacia, nei di,' atebodd Mal. 'Mae mynd a dod yn normal, mor naturiol â byw a marw.'

'Ond doedd dim rhaid i ti fynd, nag oedd?' meddai Meurig wrtho, yn sarrug.

'Efalle fyddet ti wedi gallu aros 'se ti'n fodlon gweithio am beth rwy'n ennill,' atebodd Mal.

Cerddodd Meurig i ffwrdd oddi wrtho.

Wrth weld Sara, Llŷr a'i fam yn troi am adref, meddyliais y gallai'r enw 'Llŷr' fod yn broblem i grwt a oedd mewn gwirionedd yn cael ei fagu fel Sais bach ym Mryste.

Diflannodd cysgod Lisa i'r gwyll.

Y tu mewn i'r dafarn aeth y dathlu ymlaen. Erbyn hyn roedd Meurig yn siarad yn gyfeillgar â Ceri ac Anna.

Teimlais angen am awyr iach.

Uwchben roedd y lleuad fel sleisen o lemon rhwng dau gwmwl a'r ychydig sêr prin â'r nerth i ymddangos. Heblaw am ambell gar ar y ffordd fawr roedd tawelwch. Ond yna, sylwais ar sŵn isel, rhyfedd a ddihunodd fy chwilfrydedd. Rownd ochr y dafarn gwelais Lisa a'i chefn tuag ataf yn wynebu'r caeau tywyll ac yn mwmian drosodd a throsodd: 'O diar … O diar …'

Safai rhyw gysgodion fel cewri yn y caeau. Coed oedden nhw mewn gwirionedd, ond roedd yn anodd credu hynny yn y tywyllwch. O'r pellter daeth sgrech ofnadwy rhyw greadur bach y nos, fel arwydd o'r hyn a wyneba pawb a phopeth yn y diwedd. Yr oedd y distawrwydd a ddilynodd mor finiog â'r sgrech. Wedyn, dyna Lisa yn ailddechrau mwmian: 'O'r annwyl ... O diar, O diar ...' fel petasai llais unigryw ungorn neu angel yn gollwng ei anadl olaf rhwng y cysgodion enfawr. Syllais tua'r caeau. Doedd dim i'w weld.

Ymlwybrais yn ôl tuag at leisiau'r dafarn, eu dwndwr wedi pylu gan fod rhywun wedi cau'r drws. Ac yna sefais am funud yng ngolau'r ffenest fel actor mewn ffilm lle nad oedd dim yn digwydd, dim i'w weld, dim ond goleuadau ffenestri yn dangos ongl y rhiw at ben draw'r pentref. Cartrefi Mic-y-glo a Sam-Solo y postman oedd y rhain, a Dic Jones, cyn-ŵr Ceirios-cut-and-blow, ac wedyn golau ffenest Mal yr athro a Mair ei wraig, mam Mair yn gwarchod ... Roedd pob tŷ â phobl ro'n i'n eu nabod, heblaw am ambell dŷ haf. Âi'r goleuadau ddim pellach na thŷ Dai Loose-nut y garej, nesaf at ei bympiau petrol, uchafbwynt a diwedd y pentref tan yn ddiweddar. Gynt byddech yn disgwyl tywyllwch ar ochr arall y bryn ond nawr roedd stad o dai newydd lle buodd porfa. Ac ynghyd â'r goleuni newydd daeth naws bywyd ... ac iaith wahanol. Sefais dan y lleuad denau a'r sêr swil â'r mwmian aneglur yn parhau y tu ôl i mi, nes bu bron i mi ddechrau'i ddynwared a mwmian fy hun.

Troais ac es yn ôl at y dathlu.

Y MYNYDD

Fflur Dafydd

Mor gyffredin yw sŵn ffôn yn canu mewn tŷ. Nodau'n dringo'n uchel i'r aer, ac yna'r saib byr sy'n dynodi'r gwacter, y disgwyl eiddgar ar yr ochr arall.

Mae'r ffôn yn canu yn lolfa Martha ac Adam, yn eu tŷ ym Mryste, yn oriau olaf haf bach Mihangel. Prin maen nhw'n ei glywed, gan eu bod wrthi'n swpera â chwpwl arall. Maent wedi encilio i'r stafell olau, agored ym mhen draw'r tŷ, ac mae Martha'n chwerthin yn uchel (yn rhy uchel, yn nhyb Adam) ar rywbeth ddywedodd un o'r gwesteion wrthi. Mae eu mab deuddeg oed, Llŷr, mewn ystafell arall yn gwylio ffilm ar ei liniadur, ac mae'r ffôn yn canu mewn golygfa yn ei ffilm ef hefyd. Mae'r ddau ffôn – yr un ffuglenol a'r un real – yn cydganu'n amhersain gyda'i gilydd. Mae'r cymeriad yn y ffilm yn codi'r derbynnydd, yn gwelwi, ac yn gollwng y ffôn.

Mae'r ffôn yn nhŷ Adam a Martha yn parhau i ganu.

Mae Martha'n clirio platiau'r prif gwrs, a hynny wedi iddi yfed digon o win pefriog i deimlo'r swigod yn troi'r haf bach Mihangel hwn yn rhywbeth annaturiol o hardd. O dan y dŵr budr yn y sinc mae ei dwylo hi'n ymddangos fel pe baen nhw'n perthyn i rywun arall. Mae hi'n taflu ei phen yn ôl, ac mae'r goleuni sy'n gwibio trwy'r ystafell yn dal gafael, yn ysbeidiol, yn ei gwallt. Mae'r dafnau olaf yna o'r haf fel petaen nhw'n diferu drosti, ac mae hi'n teimlo'n atyniadol am y tro cyntaf ers blynyddoedd. Mae ffrind ei gŵr, Mal, yn dod i mewn i'r gegin gyda'r powlenni pwdin ac mae hi'n edrych arno. Mae hi'n dwyn i gof y dwylo yna sydd yn y sinc, nad ydynt yn perthyn iddi. Mor gynnes a dieithr yn y dŵr. Mae hi'n ystyried beth fyddai'n digwydd pe bai'r dwylo hynny yn codi o'u gwirfodd o'r sinc ac yn gorffwys eu cledrau ar wyneb Mal, a gosod ei gwefusau ar ei wefusau ef.

'Phone's ringing,' meddai e, gan wenu arni. 'It's been ringing for bloody ages.'

O dan y dŵr mae ei dwylo'n crychu fwyfwy. Sut allai hi fyth esbonio i Mal fod ei wyneb e fel un Cymro Cymraeg? Dyna feddyliodd hi y tro cyntaf iddi ei weld. Ei fod wedi'i gaethiwo yn y corff anghywir. Neu fod ei gorff yn siarad yr iaith anghywir.

'Mam,' gwaedda Llŷr, 'ffôn yn canu! Cer i'w ateb e!'

'What did he say?' gofynna Mal, gan estyn am y lliain sychu llestri.

'He said the phone's ringing,' meddai hi. 'Except what we say – you see, in Welsh – is not that it's ringing, but that it's *singing*.'

'O right,' meddai e, heb ddeall. 'The phone's singing, then. I like that. I really like it.'

Mae e'n edrych arni eto. Er gwaetha'r ffaith bod dwylo crychiog Martha yn aros lle maen nhw, ymhen y mis fe fydd hi'n canfod ei hun yn golchi ei dwylo dan dap dŵr oer mewn gwesty ynghanol Bryste ac fe fydd hi'n gallu gweld Mal yn y drych, yn eistedd yn hanner noeth y tu ôl iddi, ar erchwyn y gwely mawr, gyda'i ben yn ei ddwylo. Ac fe fyddan nhw wedi cyrraedd man di-droi'n-ôl.

Ond am nawr, maent ar drothwy'r man hwnnw. Ac wrth iddo gyffwrdd yn ysgafn yn ei gwallt, gan esgus fod 'na ryw fflwcsyn ynddo sydd angen ei daclo, mae hi'n sylweddoli mai ar y trothwy mae pawb yn mwynhau bod, yn y bôn.

Pan fydd Adam yn edrych yn ôl bydd e'n gweld mai rhyw hanner eiliad oedd rhyngddo yntau a'r peiriant ateb, yn y diwedd. Hanner eiliad rhwng normalrwydd a gwallgofrwydd. Ystyriodd adael iddo ganu. Gwelodd Mal yn mynd i'r gegin at ei wraig ac roedd ysfa arno i'w ddilyn – teimlad nad oedd yn ei ddirnad ar y pryd. Ond er gwaethaf hynny, gwnaeth rhywbeth iddo gyflymu ei gam a chodi'r ffôn o'i grud. Roedd ganddo hanner gwên ar ei wyneb – ymateb cwrtais i rywbeth annoniol ddywedodd gwraig Mal, Alison, wrtho, rhyw stori am anwybyddu plismon ar y lôn. Ac yna, mae'n rhaid bod yr hanner gwên yna ar ei wyneb wedi dadchwyddo fel balŵn.

Gwyddai nad oedd wedi cael y gwir i gyd, ychwaith, yn yr alwad ffôn. Petai wedi cael y gwir i gyd mewn un frawddeg fe fyddai wedi bod yn ddigon amdano. Na, dim ond y ffaith gyntaf a ddywedodd yr heddwas yn y frawddeg gyntaf. Y newyddion y byddai'n rhaid iddo ei adrodd wrth Martha, maes o law.

Wrth ddychwelyd at y stafell olau, gron, gwelodd rywbeth o'r newydd. Sef bod ei wraig mewn cariad â'i ffrind gorau – ac iddi fod felly ers blynyddoedd, o bosib ers iddi weld Mal am y tro cyntaf. Y ffordd roedd hi'n chwerthin ar unrhyw beth a ddywedai, y ffordd roedd e'n cyffwrdd yn ei braich wrth dynnu coes – ble fuodd e na welodd e hyn? Ond doedd dim modd iddo falio'r un botwm corn am y peth wedi'r alwad ffôn. Gwelodd. Derbyniodd. Gwyddai (gobeithiai) yn iawn nad oedd ei wraig yn un i odinebu. Na wnelai hi'r hyn a wnaethai e – ryw saith mlynedd yn ôl, gydag un o'i fyfyrwyr.

Ofynnodd neb iddo, hyd yn oed, pwy oedd ar y ffôn. Doedd y ffôn ddim fel petai'n bwysig. Penderfynodd adael i'w wraig fwynhau'r noson hon – noson o simsanu dwl, o fod mewn cariad â'i ffrind gorau, noson o chwerthin a chlirio platiau, o yfed gormod o win pefriog, o ddweud jôcs nad oeddent yn ddoniol a thrafod pethau nad oeddent yn bwysig, a gadawodd iddi hefyd gerdded ar draws y landin a bwrw golwg ar eu mab yn cysgu'n dawel bach, heb ddweud dim wrthi.

'Ti'n dod i'r gwely?' gofynnodd hi.

'In a minute,' ddwedodd e.

Ond aeth e ddim. Y cyfan wnaeth e oedd eistedd yn y stafell olau nes iddi fynd yn ddu fel y fagddu ac yna'n olau drachefn, a phan ddaeth ei wraig i'r ystafell am chwech y bore i nôl glasiad o ddŵr, yn hanner noeth, ei cheg yn sych – dyna pryd y gwelodd hi'r olwg yn ei lygaid a gwybod fod rhywbeth mawr o'i le.

A dyna pryd y dywedodd wrthi.

Felly dyna lle'r oedden nhw nawr, yn croesi Pont Hafren, gyda Llŷr yn y sedd gefn yn gwrando ar gerddoriaeth anaddas ar ei iPad.

'Wrth gwrs, fe fydd yn rhaid i ni symud 'nôl,' meddai hi, pan oedden nhw'n union hanner ffordd ar draws y bont. Fel pe bai hi eisiau aros tan yr eiliad dyngedfennol hon i ddweud yr hyn a fu ar ei meddwl ers blynyddoedd. Roedd y bont ei hun yn fan canol amwys – yn rhywle ac yn unlle ar yr un pryd. Doedden nhw ddim ar y ddaear, nac ar y dŵr. Rhyw rith o fod ar y dŵr oedd e. Rhyw rith o sicrwydd a allai ddymchwel ar unrhyw adeg, yn union fel y bywyd cyfforddus, diogel a oedd ganddyn nhw cyn i'r ffôn ganu.

'I don't want to move back,' meddai e. Dyn felly oedd e. Un ffordd y gallai rhywun fynd mewn bywyd: ymlaen. Cyfaddawdodd hi, yr holl flynyddoedd yn ôl, pan symudon nhw i Fryste gyntaf. Llenwi'r tŷ gyda DVDs a llyfrau Cymraeg. Radio Cymraeg. Y Gymraeg o'u cwmpas ym mhob man fel y gallai Llŷr – a oedd byth a hefyd yn cael ei alw'n *Lear* yn yr ysgol – beidio â cholli gafael ar ei wreiddiau. O ganlyniad roedd gwreiddiau Llŷr wedi creu rhwyd angenrheidiol i'w dad – a oedd y math o Gymro nad yw ond yn sylweddoli hynny unwaith y bydd dros y ffin. Roedd Cymraeg Llŷr yn well na Chymraeg ei gefndryd a oedd yn byw yng Nghymru. Yn neidio oddi ar ei wefusau yn hollol naturiol, heb angen iddo oedi na chwilota am yr un gair.

'Mae pethau wedi newid nawr,' meddai hi. Deffrôdd Llŷr. *Croeso i Gymru,* meddai'r arwydd.

Ble i fynd gyntaf oedd y broblem fwyaf a'u hwynebai. Wrth wyro'r car i lawr y ffordd gyfarwydd, edrychodd Adam ar ei wraig. Roedd yr heddlu wedi'u rhybuddio i beidio â mynd at dŷ ei fam yng nghyfraith yn syth – fe fyddai hwnnw'n bla o newyddiadurwyr a fforensics. Ond roedd hi rywsut yn teimlo'n amharchus i beidio â throi i mewn i'r pentref o gwbl, felly dyna a wnaeth. Gwelodd wyneb Martha yn gwelwi wrth iddo wneud hynny. Dim ond wrth iddo gyrraedd arwydd y pentref y gwnaeth y penderfyniad i stopio'r car, a rhoi ei law ar ei llaw hithau.

'So ni'n mynd i dŷ Mam-gu?' meddai Llŷr yn gysglyd.

'We're going to take a walk,' meddai. 'First.'

'Ie, dere Llŷr,' meddai Martha, ei llais yn rhyfedd o addfwyn, ei llygaid yn llesmeiriol. 'Ewn ni am dro.'

Roedd y tri wedi'u gwisgo'n hollol anaddas i ddringo mynydd, ond dyna a ddigwyddodd, beth bynnag – yntau yn ei *brogues*, Martha yn ei sodlau, Llŷr yn ei *Nikes*. Meddyliodd Adam am yr holl straeon roedd rhywun yn eu clywed am bobl yn mynd i drafferthion ar lethrau mynydd, a'r ffordd roedd e wastad yn twt-twtio'r bobl hynny am eu hanymarferoldeb, eu gwendid dynol, eu twpdra. Ond heddiw, fe ddaeth e gam yn nes at eu deall. Siawns nad oedden nhw i gyd – fel yr oedden nhw, nawr

– yn dringo mynydd i ddianc rhag rhywbeth echrydus – am fod mynd lan gymaint haws na dod lawr. Roedd e'n sicr yn gweld apêl mewn ildio i'r elfennau, a mentro – herio bywyd, ac aros i weld beth ddigwyddai.

Syllodd ar ei deulu o'r tu cefn. Gwallt Llŷr yn chwipio yn y gwynt – ar gyfeiliorn – yr awyr fel pe bai'n hawlio rhan ohono na fedrai neb arall fyth ei chyrraedd. Sodlau porffor Martha yn ymffurfio'n batrwm o fwd a lledr, ei harddwch yn cael ei dynnu'n ôl i lawr i'r pridd. Dyma nhw. Ei deulu. Y bobl a oedd wedi dyfod i'w fywyd a gwneud synnwyr ohono. Rhoi amserlen iddo, ar adeg ddiamser. Y bobl roedd e i fod i'w hamddiffyn. Rhyfedd meddwl sut yr oedd pobl yn gwneud hyn – yn atynnu pobl atyn nhw, yn gwneud pobl yn rhan o'u bywydau fel hyn. Yn rhoi mwy a mwy o gyfrifoldeb iddyn nhw'u hunain, am mai dyna oedd prawf mawr bywyd, mewn gwirionedd.

Ai dyna roedd mam Martha wedi'i wneud, tybed? Yn ei hunigrwydd, wrth droed y mynydd 'ma, wedi dod â rhywun i mewn i'w bywyd? Doedd yna ddim arwydd bod neb wedi torri i mewn, yn ôl yr heddlu. Roedd llestri te ar y bwrdd a phowdr ar ei gruddiau.

Daeth copa'r mynydd atynt yn rhy sydyn rywsut – fel pe bai ef wedi dod i'w cyfarfod hwy, nid fel arall.

Gwelodd fod yr un fainc yn dal i fod yno, lle gofynnodd i Martha ei briodi a dod i fyw gydag ef ym Mryste. Cofiodd iddi fwrw ei golwg yn hir dros y cwm unig hwn yng nghesail y mynydd.

Na. Dyna air bach a allai fod wedi sefyll rhwng ddoe

a heddiw, rhwng y plentyn hwn a phlentyn arall, rhwng y digwyddiad erchyll a'r alwad ffôn.

Ond 'ie', ddywedodd hi. Ie. A'i breichiau fel rhubanau am ei wddf.

'Be sy'n digwydd tu fas tŷ Mam-gu?'

Hyd yn oed o'r pellter hwn, mae modd gweld y timoedd fforensig wrth eu gwaith. Yn cario pethau i mewn ac allan o'r tŷ. Pethau efallai nad oes ganddyn nhw unrhyw arwyddocâd o gwbl, mewn gwirionedd. Fflachiadau camera fel ffrwtian gwybed bychain yn yr aer. Fyddan nhw ddim yma'n hir, mae e'n sicr o hynny. Er mor ofnadwy yw'r stori, bydd rhywbeth mwy ofnadwy yn siŵr o fynd â'u sylw cyn bo hir. Mae Martha'n ochneidio. Mae hi'n symud ei modrwy briodas o gwmpas ei bys. Lan a lawr. Lan a lawr. Bron yn ei chodi oddi ar ei bys yn llwyr. Mal. Dyna sy'n dod i feddwl Adam nawr. Mal a'i freichiau mawr, ei wên ddireidus. Efallai taw hunanol yw ystyried y peth ar y foment hon – ond mae e'n gwybod bod galar yn gallu gwneud i rywun ymddwyn yn rhyfedd. Cau teimladau allan – ffeindio rhai newydd yn eu lle. Ni fyddai'n synnu os mai'r peth nesaf fydd hi'n ei wneud fydd cysgu gyda Mal. A chyfadde'r cwbl wedyn, yn llif o fasgara du ar ei lin ryw noson – a bydd yn rhaid iddo faddau, achos fe fydd hi'n hawlio taw'r galar – *y galar* – oedd yn gyfrifol. Ac fe fydd yn rhaid iddo beidio â chofio'r hyn a welodd cyn i'r ffôn gael ei ateb hyd yn oed.

Does dim i'w wneud ond eistedd mewn distawrwydd ar y fainc ar y mynydd, nes bod pethau'n tawelu islaw. Ac fe ddaw gosteg sydyn yn y gwynt. Yr hanner gwyll yn chware mig ac yn tynnu'r holl liwiau o'r nen, nes bod dim ond un rhimyn aur rhyngddyn nhw a'r pentref. Mae llaw ei wraig yn dynn yn ei law yntau a'i fab yn anadlu'n ddwfn ym mherfeddion ei siaced. Ac mae Adam eisiau dal gafael ar y foment hon yn fwy nag erioed. Oherwydd y maen nhw ar drothwy pob dim. Ymhen oriau fe fyddan nhw wedi clywed sut y bu farw mam Martha. Ymhen diwrnodau byddan nhw'n gwybod y manylion i gyd – sef mai disgwyl ei ffrind Nona roedd hi'r diwrnod hwnnw, nid y crwtyn ifanc a'i llofruddiodd. Doedd hi ddim – fel roedden nhw am iddyn nhw gredu – wedi bod yn cyboli gyda dyn ifanc. Gwneud ffŵl ohoni'i hun yn ei ffrog flodeuog a'i gruddiau rhy-binc. Ar gyfer Nona roedd y perfformiad hwnnw. Y mwgwd arferol a wisgai ar gyfer ei ffrindiau. Ond fod y Nona anghofus wedi anghofio. Ac wedi anghofio iddi anghofio. A bod y crwtyn ifanc wedi cerdded i mewn heb guro ar y drws. Am nad oedd y crwtyn ifanc yn ei lawn bwyll ychwaith. Ac i raddau, nid ei fai ef oedd hynny. O leiaf, dyna fyddan nhw'n dod i'w dderbyn yn y pen draw.

Ar y fainc, ar y trothwy rhwng y gwir a'r gorwel, mae llaw ei wraig yn dynn yn ei law e. Mae corff ei fam yng nghyfraith yn ddiogel mewn morg mewn ysbyty. Mae ei wraig yn glwyfedig, ond yn dal yn eiddo iddo ef. Nid yw Mal wedi datod ei drowsus eto a chyrraedd y man di-droi'n-ôl. Nid yw Llŷr fymryn callach am yr hyn sydd wedi digwydd i'w fam-gu ac y mae modd iddo barhau'n blentyn, am rai munudau eto.

Ac am ennyd, wrth i'r rhimyn aur grebachu ac wrth i'r düwch wau ei ffordd tuag atyn nhw, mae'n gysur dychmygu taw dim ond nhw a'r mynydd sydd wedi bodoli erioed, a bod modd dringo'n uwch ac yn uwch eto i'w entrychion, heb orfod galw am help, a heb orfod edrych 'nôl.

SGWD

Owen Martell

'Maddau i fi,' meddai'r brawd, 'am siarad amdanaf fy hun,' er nad ymddiheuro yn union oedd yn ei lygaid. 'Mae'n beth amhosib ... ofnadwy ... gorfod trafod cyfiawnder yng nghyd-destun dy fywyd dy hun. Fel petaet ti'n dweud taw dyna'r unig fodd, yr unig fodel i'w ystyried. Ac mae'r feri syniad o gyfiawnder fel petai'n mynnu taw nid ti ddylai orfod barnu. Taw nid yn dy berson dy hun y dylai gael ... ei gyflawni.' Oedodd ac edrychodd o'i amgylch yn gyflym, cyn i'w olwg setlo rywle rhwng fy nhalcen a fy nghlust chwith. 'Sai'n gwbod, wir. Y peth mawr i fi oedd sylweddoli na fyddai 'na gyfnod, o angenrheidrwydd, pan ddeuai popeth yn iawn. Yr hyfryd faes o law hwnnw pan delir am bob anghyfiawnder a cham. A'r peth a gododd yr ofn mwya arna i yn y sylweddoliad hwnnw oedd yr "o angenrheidrwydd". Fe ddeuai pethau'n iawn i lawer o bobl, roedd hynny'n berffaith amlwg – neu'n ddigon iawn, beth bynnag, iddyn nhw beidio â theimlo'r angen i regi'u tynged dan y lloer – ond i'r gweddill? Yn yr "angenrheidrwydd" hwnnw roedd holl erchylltra'r byd; byd o gyfiawnder annaturiol – neu anghyfiawnder naturiol, efallai.'

Roedd y cyfaill yn ddyn digon taclus yr olwg ac yn ei bedwardegau canol, tasai'n rhaid i mi ddyfalu. Roedd e wedi gosod sach gefn fach wrth ei wydr hanner ar far yr Halfway a dymuno noswaith dda i mi ryw bum munud ynghynt.

'Nid cynnwys y sylweddoliad oedd yn ysgytwol, fel y cyfryw – doeddwn i ddim yn dwp nac yn ddall – ond ei ymarweddiad. A dyna pam y gofynnais i ti faddau i mi. Roeddwn i'n gwybod, yn sydyn reit, na ddeuai popeth, o angenrheidrwydd, yn iawn i fi, maes o law. Mawr fydd dy wobr yn y nefoedd, medden nhw sy'n credu, on'd ife, ac fe hoffwn i gredu, hyd yn oed am eiliad fer, y gallai hynny fod yn ddigon da ...'

Mae'n rhaid fy mod i wedi edrych arno â rhyw olwg annisgwyl oherwydd fe edrychodd yn awr i fyw fy llygaid.

'Dyw fy stori ddim yn arbennig o wreiddiol,' meddai, 'ond os oes deng munud gyda ti ...'

Roeddwn i'n cwrdd â chyfaill am ddiod, ac yn gynnar am unwaith. O ganlyniad teimlwn mewn hwyliau caredig.

'Roedd hi'n fis Chwefror oer ac roedd fy ngwraig a fi'n gwahanu,' meddai'r brawd. 'Roeddwn i wedi mynd i fyw i fflat fach – "stiwdio", fel maen nhw'n dweud erbyn hyn, er mwyn peidio â gorfod dweud "bedsit". Ac roedd yn beth da, mae'n siŵr, fy mod i'n rhy grac (pan nad oeddwn i'n rhy drist) i weld cyflwr enbydus y waliau neu'r haenen drwchus fel gwlanen dafad o lwch ar hyd y llawr.

'Doeddwn i erioed wedi disgwyl go iawn y cawn i fy ngwobr yn y nefoedd – ddim hyd yn oed ar anterth fy niniweidrwydd plentynnaidd, pan ddywedai'r hen fenywod wrthyf, ar ôl cwrdd ar fore dydd Sul, bod gen i lais pregethwr pan ddarllenwn o'r Beibl. Ond gwelwn yn glir bellach, o gyfyngder eang fy stiwdio, fy mod i *wedi* credu, erioed, mewn rhywbeth arall – rhywbeth daearol, yn sicr, ond a deimlai, serch hynny, yn fwy, rhywsut, neu'n fwy rhyfygus, efallai, na chred yn Nuw. Creawdwr oedd Hwnnw, wedi'r cyfan, penderfynwr, nid natur ddihunan …

'Roeddwn i'n credu mewn cyfrifoldeb ac mewn difrifoldeb. Ond mae hi'r nesaf peth at amhosib synied am gyfrifoldeb fel unrhyw beth ond delfryd mewn byd o'r fath, on'd yw hi? Pwy sy'n ddigon dewr i gymryd y cam cyntaf? I fyw'n ddihunan? Ar wahân i ambell enaid goruwchddynol – a dw i ddim yn un ohonyn nhw. Ond doedd hi ddim chwaith yn fater o gyfrifoldeb fel rhyw fath o orfodaeth unbennaidd. Roedd yn rhaid i'r peth ddeillio o awydd ac o … gariad. Ychwanega di gariad at bethau … Dw i ddim yn credu bod cyfiawnder yn bosib heb gariad. A dw i'n hollol sicr nad yw gwir gariad yn bosib heb gyfiawnder.'

Mae hi'n arferol i adroddwyr gynnig rhyw sylw neu'i gilydd ar ôl datganiad o'r fath. Ond roeddwn i'n ddigon bodlon parhau i geisio llygaid y cyfaill, a oedd yn astudio fy nghlust eto â gofal amheuthun.

'Am rai misoedd, roedd hi fel petai f'ymwybod cyfan yn un cwlwm o ddicter a thrallod. Galar am fy ngwraig oedd hynny, wrth gwrs, a thestun y bregeth wylofus a lifai trwof, trwy f'ymennydd a thrwy fy nghyhyrau hefyd – doeddwn i ddim yn gallu eistedd yn gyffyrddus am fwy na dwy funud ar y tro – oedd ein dyletswyddau at eraill, ynghyd â'n hesgeulustod cronig o'r dyletswyddau hynny. Ac roedd y dystiolaeth i'w gweld ymhobman. Fel y dywedais, doeddwn i ddim yn dwp nac yn ddall ... Roedd hi fel petai 'na ryw arwyneb tryleu, cwyraidd wedi ffurfio dros bopeth ac allwn i ddim cerdded i unman na gweld unrhyw beth, hyd yn oed y pethau mwyaf di-nod – peiriannau golchi, arwyddion ffyrdd neu gynteddau moel blociau o fflatiau, pethau y cerddwn heibio iddyn nhw fel arfer heb eu gweld o gwbl – heb fod yn ymwybodol o'r tristwch haenog, fel sbectol gam rhyngof a sylwedd y byd. Byddai dicter yn f'atal rhag cysgu ac yn trawsnewid erbyn y bore, yn absenoldeb breuddwydion, yn deimlad – neu'n bur adnabyddiaeth, yn hytrach – o bellter a difaru.

'Un bore, fodd bynnag, er ei bod hi'n ddu bitsh y tu allan o hyd, deffrais yn rhy oer i deimlo unrhyw bellter ond y pellter annioddefol rhwng cynhesrwydd cymharol fy mreichiau a fy nhraed a fy nghoesau, o'r cluniau i lawr, a oedd yn dalpiau o gig bwtsiwr. Tynnais fy mhengliniau i fyny at fy ngên er mwyn gallu cysgu eto am ryw awr neu ddwy – ond doedd dim gobaith. Roedd hi'n rhy oer. Codais ac es i'r gegin – pellter o ryw ddeuddeg troedfedd – er mwyn tanio'r boeler ond roedd hwnnw'n farw gelain. Gwasgais siâp hirgrwn dwfn yn fy mys bawd wrth geisio cynnau'r fflam. Cerddais chwe throedfedd arall, felly, i'r gawod, yn y gobaith y byddai 'na ddigon o ddŵr twym ar ôl yn y tanc i fi gael cynhesu rhyw ychydig a mynd yn ôl i'r gwely. Ond doedd dim angen i fi dynnu blaen hosan i wybod mor angharedig fyddai'r dŵr. Arhosais yn f'unfan a rhynnu, am efallai ddeg eiliad gyfan. Ac yn ystod yr eiliadau hynny, teimlais f'unigrwydd fel … ond does 'na ddim byd i'w ddweud am unigrwydd, oes 'na? Dyna wyt ti a dyna hi. Mewn ystafell ymolchi bitw. Tywalltais beth o gwrw'r noson gynt a mynd i nôl siwmper arall o'r cwpwrdd. Gwisgais bâr arall o sanau hefyd cyn mynd yn ôl i'r gwely.

'Roedd 'na ormod o gryndod yn fy nghorff o hyd i mi allu cysgu ond caeais fy llygaid a cheisio clirio fy meddwl orau gallwn i yn y gobaith y cawn fymryn o orffwys, o leiaf. Yr awr neu ddwy hynny yn ddiweddarach, roeddwn i heb gysgu winc ac roeddwn i'n fferru o hyd – ond roeddwn i wedi paratoi yn fy mhen y sgwrs a gawn gyda fy ngwraig cyn iddi fynd i'r gwaith. Roedd yna fwy o obaith y gwrandawai hi – ac y deallai – taswn i'n ffonio ar adeg annisgwyl.

'Roeddwn i wedi ffurfio fy mrawddegau fel taswn i'n mynd i'w hysgrifennu nhw mewn llythyr – ac mae'n siŵr taw dyna ddylwn i fod wedi'i wneud. Pwy erioed benderfynodd newid cwrs ei fywyd ar sail un alwad ffôn? Ddim hyd yn oed yr hen Graham Bell, mae'n siŵr. Ond wedyn dyw pobl ddim yn darllen e-byst chwaith erbyn hyn, ydyn nhw? D'yn nhw'n sicr ddim yn eu hysgrifennu nhw ac, o'r herwydd, dyw hyd yn oed llythyrau go iawn ddim fel tasen nhw'n cario'r un pwysau. Falle taw fi sy'n hen a ddim yn deall pŵer rhyfeddol yr hashtags yma sy gyda nhw nawr …

'Codais o'r gwely a mynd yn syth at y ffôn. Mae'n siŵr ei bod hi'n rhyw saith neu chwarter wedi erbyn hynny. Atebodd fy ngwraig ar ôl chwe chaniad – jyst fel roeddwn i wedi meddwl y cawn fy nghyfeirio at ei pheiriant ateb. Fe daflodd hynny fi'n llwyr. Swniai'n ffres ac egnïol ac fe ddychmygais i bob math o bethau erchyll. Taswn i ddim yn ei nabod hi cystal, mae'n bosib y gallwn fod wedi 'mherswadio fy hun na swniai'n hapus. Ond roeddwn i'n falch hefyd, er gwaetha popeth, bod f'adnabyddiaeth ohoni'n dal yn … gyfredol, ar ryw olwg. Neu nid yn falch, yn union, roedd yn fwy o deimlad o iawnder; teimlad taw fel 'na y dylai hi fod. Roedd yn deimlad o *gyf*iawnder, efallai, ac, oherwydd hynny, yn sylweddoliad – ofnadwy eto – o'r *ang*hyfiawnder a oedd yn ein disgwyl ni bellach …

'Oerodd fy holl frawddegau cain ar amrantiad, fel petawn i'n trio'u tynnu hwythau hefyd o foeler ar y blinc. Ond roedd fy ngwraig wedi ateb ei ffôn ac roedd yn rhaid i mi ei chadw hi yno, yn fy ngafael, fel petai, er nad oedd gen i afael o gwbl arni erbyn hynny. Na fy mod i chwaith wedi bod eisiau ei chael hi mewn unrhyw fath o afael meddiannol erioed, ar wahân i afael fy nghorff o dro i dro, a grym y cariad – y gwerthfawrogiad – yr oedd modd i'r corff amherffaith hwnnw ei gyfleu. Ond dyna'r union bethau *nad* oedden nhw'n gyfredol mwyach ac fe geisiais ddweud wrthi beth mor ddiflas oedd hynny, mor … Ond, heb yr ymadroddion coeth, swniai'r holl beth yn fflat. Dw i ddim yn siŵr a oeddwn i fy hun yn credu fy ngeiriau yn y foment, yn yr ystyr nad oedden nhw fel petaen nhw'n perthyn hyd yn oed o bell i'r hyn a fu'n crynhoi yn fy modolaeth ers ... wel, pa wahaniaeth pa mor hir.

'Teimlwn fy ngwraig yn diflasu. Roedd hi wedi stopio torri ar fy nhraws ac roedd y cyffro wedi mynd o'i llais; y cyffro hwnnw sydd yn ddadleugar yn ei hanfod, yn ymateb i deimlad, neu argraff, o anghyfiawnder ac yn brawf, felly, o ymroddiad – a chariad hefyd, pam lai? Neu o'i fodolaeth flaenorol, beth bynnag. A chyn i fi allu f'atal fy hun, roeddwn i wedi dweud wrthi am fy stiwdio oer ac am y boeler a oedd, hwnnw hefyd, wedi troi ei gefn arna i, rywbryd yn ystod y nos ... Dw i ddim yn cofio a ddywedais wrthi taw dim ond ei thrueni oedd ar gael i mi nawr, taw dyna'r oll y gallwn ei ddisgwyl ... ond mae'n siŵr fy mod i'n meddwl hynny.

'Roeddwn i ar drywydd arall bellach. Roedd fy ngwrthodedigaeth yn ffres unwaith eto – ac fe allwn i ildio, â llawenydd cyn-smociwr yn tanio sigarét, i sancteiddrwydd fy ngham. Roeddwn i wedi cynnig y ddihangfa berffaith iddi hefyd, wrth gwrs, y ffordd ddelfrydol o roi taw ar fy llif disynnwyr a dirwyn y sgwrs i ben fel y gallai fwrw 'mlaen â'i diwrnod yn ddi-hid. Yn lle ateb fy nadleuon, cwympo ar ei bai neu gyfaddef ei bod hi wedi gwneud camgymeriad dybryd, dywedodd wrthyf, yn ddiffwdan, ond heb fod yn angharedig chwaith, am ddod draw i'r tŷ, i gael cawod a thwymo. Fe fyddai hi yn y gwaith ond doedd dim ots am hynny.

Roedd gen i allwedd o hyd ac roeddwn i'n gwybod ble roedd popeth.

'Ar ôl hynny, doedd 'na ddim pwynt ceisio'i darbwyllo hi ymhellach. Chawn i ddim mwy ganddi na hynny. Ar ôl ffarwelio, treuliais funud gyfan yn cerdded – yn sefyllian, hynny yw, doedd 'na ddim lle i gerdded go iawn – o gwmpas fy fflat yn fwy anniddig nag erioed. Roeddwn i ar fy nhraed yn rhy gynnar o lawer a doeddwn i ddim eisiau mynd draw i'r tŷ'n syth bin. Newidiais o fy nillad nos, rhynnu eto, a mynd allan gan feddwl cael brecwast mewn rhyw gaffi cynnes.

'Ar fy ffordd yno, sylweddolais nad oedd gen i archwaeth o fath yn y byd. Nac am fwyd nac am lawer o ddim arall chwaith. Ymateb melodramatig arall – ond un corfforol y tro hwn. Roedd fy nghorff, druan, yn rhan o'r ffars hefyd ac fe gefais hanner munud o seibiant wrth i mi geisio penderfynu a oedd 'na wahaniaeth mewn gwirionedd rhwng meddwl a theimlo. Rhwng gorffwys a diflastod, cariad a diymadferthedd, a oedd 'na fwy – neu lai – na meddwl, ffurfio, dyfeisio, ffugio? Doeddwn i ddim yn siŵr, ond roeddwn i'n teimlo'n rhy hurt eisoes i geisio ateb y cwestiwn yn iawn.

'Cyrhaeddais y caffi ac archebu coffi a gwydraid o ddŵr. Treuliais oes yn eu hyfed ac oes wedi hynny yn trio darllen y papur. Oes eto yn meddwl ac yn gwylio byd o gyffroadau yn mynd rhagddynt o'r newydd ac oes yn ailddarllen, yn ailastudio'r prysurdeb boreol ac yn trio meddwl bod 'na farddoniaeth hael a chain mewn henaint, cyffredinedd neu wynebau trist. Ond pan godais fy mhen i edrych ar y cloc uwch y cownter, doedd hi ddim hyd yn oed yn wyth o'r gloch.

'Mae hi'n destun rhyfeddod pur i mi fod gweddill y diwrnod hwnnw wedi mynd heibio. Roedd pob munud yn awr – dyna maen nhw'n ei ddweud, on'd ife – ond fel 'na'r oedd hi. Teimlwn fy mod i'n cael digon o stoj – digon o ddeunydd anhreuliadwy, hynny yw – mewn dwy funud i lanw oes gyfan. A mwya i gyd y twchai'r gwythiennau, lleia o obaith oedd 'na y gellid dad-wneud y difrod. Yn sydyn, roedd yr angen i ddeall yn desbret – a'r angen i gyfathrebu'r ddealltwriaeth honno wedyn yn fwy desbret fyth …

'Cofiais am ddarn o lyfr a ddarllenais ac roedd hynny'n gysur o fath. Roedd profiad yr awdur – a'r profiad a fynegai yn y llinellau penodol – yn gwbl wahanol i f'un i, yn erchyll o wahanol, yn wir, ac yn waeth o lawer na rhyw dipyn tor calon. Wna i ddim dweud wrthot ti pwy oedd yr awdur nac am beth roedd e'n sôn rhag i ti 'marnu i. Ti wedi gorfod maddau i fi unwaith heno yn barod … Hynny yw, dw i ddim yn credu yn nioddefaint dyn fel hierarchaeth sy'n pontio'r cenedlaethau – dim ond mewn graddau o absoliwtrwydd perthynol. Mae'r ffyrdd sydd ar gael i ni i ymgorffori'r gorffennol yn rhy amhenodol iddi fod fel arall. Fe es i i'r brifysgol, er enghraifft, aeth fy rhieni ddim. Dw i ddim, erbyn hyn, yn debygol o orfod ymladd mewn rhyfel. A dw i'n gallu ystyried – fel petai'n wobr am esblygu – fy rhyddid … Ond tasai erchyllta, yn ei holl amrywiaeth, ddim yn beth newydd sbon danlli i bob cenhedlaeth, beth fydden ni, bob un? Hapus?

Cydradd? Diflas? Does gen i ddim syniad, wir. A dyw hi ddim mor syml â hynny, wrth gwrs. Ond roedd yr awdur arbennig hwn wedi dod i'r casgliad, a dyna pam y cofiais amdano, taw cydymroi – cydweithio neu gydweithredu – yw'r unig ateb posib os ydyn ni am oroesi. Hynny yw, a bwrw bod rhywun wedi cael profiad o erchylltra, neu argraff – sydd yn fwy tebygol o lawer yn ein rhyfedd o fyd ni, lle mae pobl yn marw o newyn a thlodi neu mewn cawodydd o law ffrwydrol heb i'r un enaid byw fod yn gyfrifol – dim ond cydymroi – cydweithio neu gydweithredu, hynny yw – sy'n ei gwneud hi'n bosib i'r person hwnnw ei oroesi. Ac mae'r cydymroi hwnnw wedyn – y cydweithio neu'r cydweithredu – yn fater o fywyd a marwolaeth, nid o ffansi neu ddewis ... Ond mor gywilyddus yw dweud hynny! Geiriau'r awdur yw'r rheiny, nid fy rhai i – ond dw i'n cytuno gant y cant. Gymaint yn haws yw hi i esgus – gwneud y tro â, beth, delfrydau? Gwleidyddiaeth? Celfyddyd? ... Taswn i ond wedi gallu cyfleu peth o hynny wrth fy ngwraig – i ni gael rhannu'r trueni – hithau a wyddai gymaint eisoes ...

'Talais am fy nghoffi a mynd yn ôl i fy fflat. Es i orwedd ar y gwely, rholio'r blancedi o'm cwmpas a cheisio gwaredu teimlad rhyfedd o fod yn beiriant gwallus. Roedd gen i awydd bod yn ddihunan, awydd peidio â bod yn gaeth i gorff a meddwl, a llu o systemau rhyng-gysylltiedig eraill, a weithiai eu hud ar rywun – ar ei gorff a'i feddwl, yn union – fel hysbysebion. Roedd y cyfan yn ddirgelwch enbyd. Cysgais am ychydig ac aros ar y gwely wedi hynny. Codais, o'r diwedd, tua diwedd y bore a gwneud tamaid o ginio. Ac *fe* basiodd yr amser, wrth gwrs, am na allai beidio. Daliais y bws draw i'r hen dŷ ddiwedd y prynhawn.

'Wrth y drws ffrynt, roedd hi'n syndod, yn y lle cyntaf, bod f'allwedd yn dal i weithio. Teimlwn y dylai honno hefyd – natur elfennol yr allwedd, hynny yw, nid y clo ei hun – fod wedi newid yn y cyfamser. Es i mewn i'r cyntedd a chau'r drws ar f'ôl yn orofalus. Sefais a gwrando, ond doedd 'na ddim i'w glywed ond y ceir achlysurol a basiai'r ffenest yr ochr draw. Daeth seiren heddlu i darfu ar y tawelwch, ei llefain yn gathaidd a chras, a gadael ar ei hôl odrwydd a oedd yn rhyw fath o fi cynhenid: *roeddwn i wedi byw yn y fan hon*. Roedd fy *ngwraig* yn *dal* i fyw yma ond doedd hi ddim yno. Roedd arna i ormod o ofn edrych yn yr ystafell fyw, heb sôn am yr ystafell wely, rhag i mi weld yr holl bethau hynny a dystiai nid yn unig i'r ffaith na fuon nhw erioed, fanion ein byw gyda'n gilydd, yn ddigon i atal y chwalfa ond hefyd i'r ffaith ei bod hi'n byw yn eu plith, bellach, yn gwbl ddiedifar. Heb sôn chwaith am yr holl bethau newydd, dieithr a fyddai wedi ymgartrefu yno yn y cyfamser …

'Es i'n syth i'r ystafell ymolchi a chloi'r drws. Agorais un neu ddau o gypyrddau, fy chwilfrydedd gwyrdroëdig yn drech na fi o'r diwedd, ond doeddwn i ddim fel petawn i'n gweld unrhyw beth erbyn hynny ond rhyw lun arnaf fy hun mewn byd o anserchogrwydd. Taniais y gawod.

'Roeddwn i'n mynd i sicrhau bod y dŵr yn stemio cyn hyd yn oed meddwl am dynnu fy nillad. Ond hyd

yn oed a'r drych uwch y sinc yn cymylu, a 'ngwraig, yn
ôl ei harfer, wedi gwresogi'r tŷ hyd uffernoldeb, roeddwn
i'n oer. Tynnais fy siwmper wlân a'r crysau T niferus
oddi tani yn un haen a'u gosod ar sedd y toilet. Gwelais
adlewyrchiad tonnog fy nghorff yn y drych ac aeth fy
llygaid yn syth at y croen gŵydd ar fy nghluniau, ac at
fol na allai fy mreichiau, wedi'u plygu drosto, ei guddio
mwyach.

'Camais i mewn i'r gawod a thynnu'r llen. Am funud
gyfan, efallai, ildiodd fy mhen i bwysau'r dŵr. Pan
ddechreuodd fy llygaid weld eto, sylwais ar y pwti rhwng
y teils ger fy nhraed. Roedd yn llwyd-ddu o hyd, ers i mi
feddwl ei lanhau y tro diwethaf. Roedd 'na boteli niferus
hefyd, ar sìl y gawod – fu fy ngwraig erioed yn un i
orffen un siampŵ cyn prynu un newydd – ac fe deimlai'r
cyfuniad o wyrdd ac oren, y motiffau ffrwythaidd,
daionus, a phenodolrwydd eu llacharedd dan y golau
pŵl, fel cynrychioliad ar gynfas o'm bywyd blaenorol.

'Cyfeiriais y gawod fel y byddai'r dŵr yn taro'r fan
dan f'ysgwydd chwith a fu'n gweithio ddydd a nos tan
hynny i drawsnewid straen yn boen. Ond roedd y dŵr
yn braf nawr a'r tasgiadau'n nodwyddau o bleser mân.
A 'nghroen yn ymlacio, meddyliais eto am gwestiynau'r
bore bach. Sylweddolais, fel petai â glanhad, nad am
gariad yr oeddwn i'n sôn o gwbl. Neu nad cariad oedd
y gair iawn i ddisgrifio'r holl bethau a gâi eu nodi dan
y pennawd hwnnw fel arfer. Rhwbiais sebon yn fy nwy
gesail ar yr un pryd a theimlo – yn drosiadol, ond yn
llythrennol hefyd – fel mwnci. Oedden wir, roedd ein

cyrff yn rhan o'r ffars a doedd dim mwy i'w ddweud, nac i'w ddeall, na hynny; bod yr arall yn absenoldeb corfforol bellach. Fe es i i syllu eto, heb weld.

'Pan ddes i ataf fy hun drachefn, roeddwn i'n meddwl cymaint o bobl oedd yna – a minnau yn eu plith – a gyfarfyddai â chariadon eu bywyd yn y gwaith. Swyddfa yswiriant oedd y man cyfrin yn ein hachos ni – chwe llawr o goncrit llwyd a gwydr mwll. Ar ein ling-di-long adre, cyn i ni briodi, fe arhosen ni am funud neu ddwy ar y bont dros yr afon neu i astudio bwydlen bwyty yr oedd sôn wedi bod amdano yn y papur yn ddiweddar. Fel y gallen ni gamu allan y nos Sadwrn wedyn yn sgleiniog a balch. Cefais bang o gywilydd a ymledodd ynof fel llifyn sgarlad. Nid dirmygadwy fel y cyfryw oedd amgylchiadau moel ein cyplu – byddai hynny'n rhy greulon – ond roedden nhw yn ddiddim. Yn hollol ryfeddol hefyd, wrth gwrs, yn yr ystyr bod angen egni rhyfeddol – ffugio a pherswadio, heb sôn am yr ymhonni, y ffuantu a'r brifo a ddeuai wedyn – i ddiriaethu hyd yn oed y rhithiau tila hynny. Fel petai hi'n wir bob gair bod gallu'r anifail dynol i ddychmygu yn ei osod ar wahân i'r bwystfilod eraill.

'Doedd y gair a'm dilynai i bobman fel ffatwa yn ddim gwell; nid "fy ngwraig" oedd fy ngwraig ond fy annwyl A– . Doedd y gair ei hun yn ddim mwy na ffordd barod o becynnu llond bywyd, llond dau fywyd, o amrywiaeth ac angerddau yn y fath fodd ag i'w ddieneidio'n llwyr pan ychwanegid ato ragddodiad methiant. Ac mor ofnadwy o gyffredin felly – yn yr ystyr hefyd ei fod yn perthyn i bawb – oedd yr angen am gysur. Roedd yr hen awdur doeth yn llygad ei le: nid cariad a alluogai i ni oroesi ond cydymroi – cydweithio neu gydweithredu, hynny yw – ac, oedd, roedd hynny'n gywilyddus.

'Roedd arogl y sebon a ddefnyddiai fy ngwraig – ac a fenthycais yn hollol ddigywilydd – yn dechrau troi arnaf. Meddyliais am y blynyddoedd a dreuliais yn ei chwmni, blynyddoedd ein hymgynefino. Doedd y diwrnodau hynny o gyd-fyw – cytûn, gan fwyaf, ac a deimlai, ar y pryd, yn ddi-ben-draw – yn ddim os nad cyffredin. Roedden nhw'n *esboniadwy,* hynny yw. Ond doeddwn i ddim eisiau, neu doeddwn i ddim yn barod eto, i beidio â meddwl hefyd mor *fawr* oedden nhw, mor anorchfygol eu crynswth anweledig. Na pha mor drist fyddai hi i orfod dysgu meddwl llai amdani ac ohoni. Fel y dysgai hi, heb fod eisiau gwneud hynny o angenrheidrwydd chwaith, i f'anghofio i. Pa fath o gyfiawnder fyddai hynny? Ac os taw dyna oedd telerau anochel y cyfamod, beth ddywedai hynny am fywyd a'r cariad a oedd i fod yn achubiaeth iddo?

'Fel petai i gadw 'mhen uwch y dŵr, dw i'n cofio gwneud ymdrech arbennig bryd hynny i gofio'r dyddiau da – maen nhw'n dweud hynny hefyd, on'd 'yn nhw? Roedd 'na ddigonedd ohonynt, wrth reswm. Cymaint â chynnwys y ddwy funud hynny o feddyliau prudd? Byddai'n braf gallu dweud hynny. Roedd 'na deithiau i lefydd diddorol, beth bynnag, a llond gwlad o bethau bach a mawr a ddysgais ganddi, pethau a roddodd bleser i mi ac a ddeilliodd yn uniongyrchol o'i pherson i ddylanwadu arna i'n gemegol a dyfnhau f'ymwneud â lle ac amser. Ymadroddion, dyfyniadau, geiriau unigol hyd yn oed. A'r holl bethau wedi hynny – bwyta, dychwelyd adre ar ôl bod i ffwrdd, deffro yn y bore – a luniwyd, boed yn y foment ei hun, yn nes ymlaen yr un diwrnod neu flynyddoedd wedyn, yn arddull bywyd. Roeddwn i wedi dysgu'i hiaith hi, meddyliais, ei hiaith a'i hafiaith, iaith ei chorff a'i meddwl, iaith fy mod ynddi.

'Aeth cryd trwof wrth i fi sylweddoli fod arna i ofn yr adeg pan na welwn i'i heisiau. Am y golygai hynny bod y cwbl, o'r diwedd, ar ben; pob arlliw o'n hymwneud annwyl â'n gilydd; dau berson a aned i'r byd ac a hoffodd ei gilydd yn iawn. Fydden ni – fyddwn i – ddim mor arbennig wedyn.

'Teimlai'r tristwch dilynol fel dim llai na goblygiad naturiol i'r ffaith fy mod i wedi credu mewn cariad. A 'mod i'n dychmygu o hyd ryw gariad i ddod. Doedd 'na ddim llawer o bethau ym mywyd rhywun a fyddai'n sicrach gwybodaeth na'i anhapusrwydd, meddyliais, ond roedd hwnnw, y gobaith uffernol, di-sail, yn un ohonynt.

'Dim ond fy ngwraig allai fod wedi dad-wneud y drwg erbyn hynny – yr un person dan haul gaeaf oer … Roedd hi'n tynnu at ddiwedd y dydd ac fe ddychwelai hi, o'i gwaith, i'n cartref. Fe glywai hi ddŵr y gawod a byddai ganddi dosturi.

'Dyna pryd y cofiais am y sgydau a'r diwrnodau hynny o wanwyn pan fyddai'r llwybrau'n ddigon solet eto i ni allu cerdded o'r car ar hyd yr afon a dilyn trochwr bach diniwed, powld, o garreg i garreg, tan i ni ddod o fewn meinglust i'r cwymp. O'r fan honno, fe gerdden ni at y sgwd fel petaen ni wedi'n hudo. Bydden ni'n sefyll ger y dibyn ac yn rhyfeddu at ba mor llyfn a llonydd yr ymddangosai'r dŵr – fel petai'r haenen deneuaf o iâ wedi goroesi tro'r tymhorau – er bod brigau a dail yn gwibio ar ei hyd, wedi'u dal ym magl ddigyfnewid y llif.

'Ond ar y gwaelod yr oedd y cyffro mwyaf ac fe dreuliwn i funudau cyfain, ar ôl dringo i lawr yr ochrau serth, yn gwylio'r ewyn cynddeiriog. Dechreuai fel rhywbeth diriaethol; byddwn i'n ceisio hoelio fy sylw ar frigyn unigol neu gwlwm o ddail – plisgyn wy aderyn un tro – a oedd wedi mynd yn sownd yn y chwyrlïo ffyrnig, cyn ymroi, ymhen ychydig, i edmygu'r gwynder haniaethol a'r rhuo mawr. A dw i'n cofio meddwl, hyd yn oed bryd hynny, yn f'arddegau, mae'n siŵr, ond yn dal ym mynwes fy rhieni – ac *oherwydd* hynny yn rhannol, efallai – taw gorlif oedd cariad mewn llestr nad oedd yn ddigon mawr, yn ddigon dwfn neu'n ddigon crwn i'w ddal. Fe gronnai'r dŵr distyll am ennyd, ar waelod y sgwd, cyn llifo trwy'r tir isel, lle y codai fwd a cherrig, cyrff defaid ac esgidiau a throlis archfarchnadoedd. Roedd yn rhaid iddo lifo, wrth gwrs, ac roedd yn rhaid i'r llifo hwnnw fod tuag ymlaen. Ond yn y pwll ar y gwaelod yr oedd yr ystyr – ac yn y dinistr naturiol wedi hynny: encilio'r rhaeadr tua'r blaendir, tua gorffennol yr afon ei hun mewn tir haenog.

'Roedd y dŵr yn dechrau cronni dan fy sgwd fy hun erbyn hynny. Digon *am*hur ydoedd yn y fan honno

157

– roedd wedi'i liwio â rhyw felyn chwysaidd ac roedd darnau bychain o fflwff botwm bol yn arnofio ar yr wyneb. Ond roeddwn i'n dwym eto, o leia, ac yn gallu teimlo'r rhannau hynny o fy nghorff a ufuddhaodd, dros nos, i'r gorchymyn i aeafgysgu. Arhosais dan y gawod, a throi'r gwres i fyny rhyw fymryn, fel petai moeth yn gyfystyr union â'r gallu i gofio.

'Fe allet ti ddweud, felly, bod y penderfyniad, pan ddaeth, yn amlwg – ac yn ddigon anghynnil hefyd, mae'n siŵr. Ond nid fel 'na y teimlai yn y foment. Ac mae hynny'n fwy na ffordd o siarad – byddai'n anodd iawn i fi ddweud wrthot ti pam yn union y penderfynais i beidio â chau'r tapiau ar ôl gorffen yn y gawod. Na pham y plygais, yn lle hynny, i osod y plwg yn y twll. Doeddwn i ddim yn meddwl am ddial, er enghraifft, o gwbl. Wir i ti. Roedd hynny i gyd, y dicter gorchmynnol, fel petai wedi … llifo ymaith. A doeddwn i'n sicr ddim eisiau i fy ngwraig ddychwelyd cyn i fi allu mynd o 'na.

'Treuliais ryw hanner munud yn rhagor dan y gawod, yn gwrando ar y dŵr yn rhidyllu'r pwll wrth fy nhraed. Roedd 'na nodau llawnion, trwm, mewn cywair a ddisgynnai wrth i lefel y dŵr godi. Yna, roedd hi'n bryd i fi sychu, gwisgo a gadael. Roedd gwneud hynny'n brofiad digon rhyfedd. Gwisgo fy sanau glân, cau botymau fy nhrywsus … Ond roedd yn rhyfedd o brydferth hefyd – y nodau'n troi'n furmur alaw wrth i fi wneud fy ffordd yn ôl at y drws ffrynt …'

Roedd hi'n rhai eiliadau cyn i mi sylweddoli bod y stori wedi dod i ben a dw i'n cofio meddwl, pan oeddwn i'n siŵr nad oedd yna fwy i ddod, bod y diweddglo disymwth ychydig yn *rhy* swta. Nid y geiriau fel y cyfryw oedd i gyfrif am hynny ond argraff a ddaeth i'm rhan bod y cyfaill, unwaith yn rhagor, wedi cael siom. Doedd e ddim wedi gallu mynegi'r cyfan oedd ar ei feddwl, neu doedd y cyfan gyda'i gilydd ddim wedi cydio fel y byddai wedi dymuno iddo wneud. Am nad oedd gen i'r syniad lleiaf sut i ymateb, cynigiais ddiod iddo ond cododd ei law i wrthod.

Edrychais ar hyd y bar i geisio dal sylw'r barman ac archebu diod i mi fy hun. Roedd y cyfaill yn syllu'n daer ar ei fag nawr ac, am eiliad, ystyriais y posibilrwydd bod dillad isaf brwnt a phethau 'molchi ynddo o hyd. Fe sylwodd arna i'n ei astudio a daeth hanner gwên i'w wefusau.

Cododd o'i stôl wedi hynny a thynnu'i got o'r bachyn dan y bar. Fe'i rhoddodd amdano'n bwyllog a tharo'i fag ar ei gefn. 'Noswaith dda i ti,' meddai.

Gosododd y barman fy nghwrw ar y bar o'm blaen. 'Iawn?' gofynnodd ac fe nodiais.

Roedd yna chwarter awr o hyd cyn i fy ffrind gyrraedd ac fe fyddai yna bethau eraill i'w trafod bryd hynny, wrth reswm. Ond, tan hynny, roedd gen i gyfle. Estynnais am fy mag wrth fy nhraed a thynnu fy llyfr nodiadau ohono. Cyfle? Na, nid cyfle, yn union, ond awydd, awydd mynwesol, gorfodol – dyletswydd, efallai – i wneud rhywbeth ynghylch y tristwch: ei wrthwynebu, neu weithredu ar y cyd ag ef, fel petai i ddefnyddio'i bŵer ei hun yn ei erbyn.

Erbyn hyn, fodd bynnag, wn i ddim – does gen i ddim syniad, wir – ai tristach peth ai peidio yw i mi geisio gwneud hynny. Mae hi fel petawn i wedi mynd ati i barchu addewid nad oedd yna'r disgwyliad lleiaf y câi ei gadw. Er i mi wrando'n astud ar stori'r brawd, a gwneud nodiadau gofalus, dw i hefyd wedi ymhelaethu fan hyn a chyfansoddi fan draw a llurgunio'r cyfan, mae'n siŵr gen i, yn y cofio.

CANU'N BRAF YN EIN TIR

Alun Horan

Eisteddodd y ddau ar glamp o garreg lam yng nghanol yr afon, yn gwylio ras wyllt dŵr y topiau'n rhaeadru o'u blaenau. Roedd Iolo wrth ei fodd yn edrych ar yr ewyn yn torri dros y garreg gan greu jacwsi naturiol i'r brithyll oddi tano. Byddai wedi bod yn braf cael plymio i ganol y cwbl ar ddiwrnod poeth felly. Er hynny, gwyddai yn ei ddoethineb wythmlwydd na fyddai Dad yn cyd-fynd â'r fath ffoliweb. Dyn digyffro fu ef erioed, ond y diwrnod hwnnw roedd yn anghyffredin o dawel a llonydd. Ar ôl munudau lawer, heb i'r naill na'r llall dorri gair, cododd y crwt ei ben ac edrychodd i gyfeiriad ei dad, ac wrth ogwyddo, sylwodd fod dŵr yn cronni yn llygaid ei riant. Prin ddwy flynedd wedi hynny, byddai'n colli ei dad am byth, a chafodd yr olygfa honno, ar lan yr afon, ei serio ar ei gof yn dragywydd.

'Bloody Hell ...' un cam ceiliog, dau gam ceiliog.

'Shit ...' hanner cam ceiliog ... stop.

Daeth y rhegfeydd tawel i ben, ac yna cymerodd Iolo saib a dechreuodd ddiawlio eto, nerth ei ben. Dwrdiodd y gwyrddni ych-a-fi, y ffermwyr sbeitlyd, y bryniau dibwrpas, yn ogystal â'r awdurdodau am beidio â rhoi lôn darmac ar hyd y dyffryn. Teimlodd ychydig yn well ar ôl gweiddi ar bopeth a welai o'i amgylch, ond roedd y rant yn hollol ofer … fel y trip ei hun.

Ar y cychwyn, bu'n obeithiol iawn ynghylch ei bererindod bersonol i ddarganfod cartref ysbrydol ei deulu, ond erbyn hyn roedd yn amau ei budd a'i phwrpas. Taith ei wraig, Jessica, ar hyd llwybrau ei chyndeidiau hithau, a'r ffolder a oedd ganddi bellach yn llawn lluniau a sgribls o'i llinach, a oedd wedi ei gyflyru yn wreiddiol. Roedd yntau wedi cenfigennu ychydig – dyheai am gael ffolder cystal, os nad gwell na hi. Deuparth athrylith yw arfer, ac roedd arfer ac ymlafnio yn bethau estron i Iolo Puw.

Y broblem fwyaf oedd diffyg gwaith ymchwil. Byddai Hillary, hyd yn oed, wedi cael trafferth ffeindio'i dwll din heb sôn am Everest gyda'r fath wybodaeth annelwig.

'Ble yn union ma' Dôl-maen, Mam?'

'Rhwng Aberystwyth a Machynlleth, wy'n credu.'

Heb ragor o chwilio nac o feddwl, paciodd ei gês ac aeth ar ei antur fyrbwyll. Er iddo fynd yno dros ugain mlynedd yn ôl, yr unig beth y gallai ei gofio oedd y rhaeadr, ond ni wyddai sut i'w chyrraedd. Ar ôl deuddydd o grwydro ni ddaeth o hyd i'r rhaeadr, na'r tŷ, ac arhosodd cyfrinachau Dôl-maen yn sownd yn y tir.

Ymhen ychydig funudau aeth yn ôl ar ei hynt heb fawr o frwdfrydedd, a dechreuodd grensian ar hyd y llwybr unwaith eto. Roedd hi'n hwyr erbyn hyn, y golau'n pylu, ac ni wyddai pa mor bell oedd Aberystwyth, na chwaith i ba gyfeiriad yr oedd. Rhegodd ei dwpdra ei hun am ddefnyddio map ar y ffôn mewn lle a oedd heb signal. Wrth iddo sganio'r dirwedd o'i flaen am gliwiau, gwelodd siâp aderyn ar led ar lawr ar bwt o grib yn y pellter a gwibiodd i lawr at y truan. Wrth iddo nesáu sylweddolodd nad aderyn cyffredin oedd hwn, ond un o dduwiau'r adar.

Daw hyfryd fis Mehefin cyn bo hir,
a chlywir y gwcw'n canu'n braf yn ein tir.

Yn ystod yr holl flynyddoedd y bu'n holiacicïan ac yn holiacwcŵan ni chlywodd gân y creadur pluog erioed, ac ni fyddai unrhyw Gwc nac W yn dod o enau'r aderyn bach hwn eto chwaith. Gorweddai o'i flaen yn raslon, yn erfyn, yn fendigedig. Teimlai'n gyffrous, nid yn unig am ei fod yn aderyn prin, ond oherwydd ei fod wedi medru'i adnabod. Ni fyddai'n hidio dim am fyd natur fel arfer, ac roedd yn hollol anobeithiol am wahaniaethu rhwng un rhywogaeth a'r llall. Ond roedd y gwcw'n neilltuol; y frest resog, sebraidd wedi'i serio ar ei feddwl.

Dihunodd yr aderyn ryw atgofion o'r gorffennol ynddo, hiraeth am dripiau ysgol Sul a nosweithiau llawen, ac Anti Ethel a'i gitâr pum tant. Am ychydig eiliadau, mwynhaodd ddychwelyd i'w blentyndod, a'r pleser annisgwyl o'i weld ei hun ar lwyfan unwaith eto yn adrodd yn frwd. I raddau, roedd wedi cefnu ar y byd hwnnw, y byd cyn marwolaeth ei dad, y byd cyfforddus

Cymraeg. Er hynny, roedd yn anodd colli'r cysylltiad â'r teimlad. Yn sydyn, dyna Mrs Rees yng nghefn y neuadd yn ynganu ac yn gwneud siapiau â'i cheg, ac yn mynnu ei sylw o'r llwyfan.

> *Dyfod pan ddêl y gwcw,*
> *Myned pan êl y maent,*
> *Y gwyllt atgofus bersawr,*
> *Yr hen lesmeiriol baent ...*

Ar ôl syllu i'w ddychymyg am ychydig, tynnodd focs bwyd go fawr o'i sach a gwaredu'r briwsion. Yna, gafaelodd yn ofalus yn yr aderyn a'i osod yn daclus oddi mewn iddo. Gwasgodd y caead yn sownd ac aeth ati i daclo'r dyffryn unwaith eto gan gymryd camau breision, pendant. Ymfalchïai yn ei wobr. Byddai Jessica'n gyffrous bost i ychwanegu'r gwcw fach i'w *menagerie* o ddioddefaint ar y silff yn ei stydi, neu'r *roadkill rostrum* fel y cyfeiriai atynt, heb owns o gydymdeimlad. Roedd yn casáu'r anifeiliaid yn ei dŷ, ac yn gwrthod mynd i guddfan peintio ei wraig; sut bynnag, byddai'r *souvenir* bach o'r gorllewin yn ffordd o gelu oferedd ei fenter. Er bod rhyw foddhad melys mewn claddu'r gwir, teimlai ychydig o euogrwydd hefyd.

Achubiaeth! Ar ben y dyffryn daeth wyneb yn wyneb â'r Gymru fodern – asffalt, ceir, arwyddion dwyieithog, stribed o hen dai cerrig, ac ym mherfeddion y panorama roedd tafarn yn nythu'n gyfforddus rhwng coed hynafol. Erbyn hyn roedd ei geg wedi sychu'n grimp. Fyddai dim byd yn well ganddo nag yfed llond casgen o gwrw i ddyfrhau'r diffeithwch. Ymhen chwinciad safai ar riniog y dafarn yn ymbalfalu yn ei bocedi am arian.

O'i flaen codai adeilad urddasol helaeth. Lle i gael llond bol oedd yr Hen Lew Du, yn hytrach na lle i sipan *cokes* ac ambell i *shandy*. Cerddodd i mewn. Yn ei wynebu y tu ôl i'r bar roedd menyw benfelen hawddgar yn traethu wrth ei chynulleidfa fel gweinidog o'i bulpud. O'i hamgylch eisteddai'r diaconiaid ar eu stolion yn cytuno â'i datganiadau, ac ymhellach i ffwrdd roedd twr o bobl mewn grwpiau bach ar un ochr i'r ystafell. Roedd yr ochr arall yn wag fel petai ofergoeliaeth yn cadw'r *locals* draw, meddyliodd. Beth bynnag oedd y rheswm, teimlodd wres llygaid y gynulleidfa arno fel petai'n Siân Owen Ty'n-y-fawnog.

Yn y distawrwydd wrth iddo gerdded at y bar disgynnodd i ryw fyd ffantasi, a chlywodd lais ei dad yn adrodd ei fantra enwog:

'Arf yw iaith, cofia hynna, fachgen.'

Roedd wedi anghofio cryfder daliadau ei dad, roedd wedi anghofio'r protestio a'i bendantrwydd dros ddyfodol y genedl. Cododd yr atgofion gywilydd arno, a theimlodd siom nad oedd ond yn rhyw amlinelliad o Gymro. Ond roedd am newid, ac wrth lanio'n bwrpasol wrth y bar dywedodd yn Gymraeg, 'Shw' mae,' ac yna ychwanegodd, 'Shwd ych chi?' Ar ôl saib a deimlai'n hir iawn, cododd gwên ar wyneb y barmed. Ymlaciodd ychydig, roedd ar dir mwy diogel nawr. Diolch, Dad, meddyliodd.

'Be hoffech chi?' meddai Mrs Benfelen yn ddigon

cynnes. Roedd y tri hen lanc a eisteddai wrth ei ochr wedi troi oddi wrtho, ac yn siarad ymysg ei gilydd. Nid oedd hynny'n ei boeni, roedd ganddo ewyllys da'r ferch nawr.

'Peint ar y Woosh …' symudodd ei lygaid i lawr er mwyn darllen enwau'r pympiau o'i flaen.

'Hufen Cymru os gwelwch yn dda.'

'Dewis da.' Gafaelodd hithau mewn gwydryn a gyda nerth bôn ei braich, tynnodd y pwmp i lawr. Am ennyd, ildiodd Iolo i sŵn boddhaol y ddolen yn codi unwaith eto.

Roedd rhywrai yn chwarae *poker* yn y *bay window*, ac yn ôl wynebau'r criw bach, roedd arian mawr yn y fantol. O gyfeiriad y gornel deuai twrw tawel ergydion bach pŵl wrth i ddwy ferch daflu dartiau at y bwrdd. Nid oedd y naill na'r llall wedi codi'u llygaid pan ddaeth i mewn. Yn meddiannu'r bwrdd yng nghanol yr ystafell, clywodd acenion bonedd soffistigedig. Gwnaeth Iolo benderfyniad difyfyr mai'r math o Gymry sy'n byw bywydau braf, yn moesymgrymu tuag at Lundain a'i lordio hi 'nôl yng Nghymru oeddent.

'Dyna ni, *two pounds eighty* os gwelwch yn dda.'

Fe gyfrodd yr arian yn ei law, a dechreuodd holi Mrs Benfelen.

'Oes 'na le yn y gwesty heno? Chi'n gweld, ro'n ni'n gobeithio cyrraedd Aberystwyth, ond falle 'mod i'n bach yn uchelgeisiol …'

'Wy'n siŵr gallwn ni ffeindio lle i chi yn *rhywle*,' meddai'n chwareus.

'Odych chi'n cymryd cardiau?'

'Wrth gwrs bo' ni'n cymryd cardie, ma' rhaid i chi'r dyddiau 'ma. *Forty* yw e am stafell sengl, ond bydd rhaid i chi aros rhyw awr tan i Roger ddod 'nôl, fe sy'n sorto'r stafelloedd. Iawn?'

Fe gytunodd â'r telerau, a llyncodd y peint un llymaid ar ôl y llall. Roedd yfed ar gyflymdra da yn ennyn parch, ac mewn chwip diflannodd y ddiod i lawr y lôn goch. Cyn iddo ofyn am yr ail beint gwelodd olau car y tu allan ac wrth feddwl mai Roger oedd yn cyrraedd yn gynnar, oedodd cyn archebu'r un nesa. Erbyn hyn roedd Mrs Benfelen yn ei hanterth yn adrodd stori am ryw anffawd ddigon doniol gafodd hi yng nghwmni rhai o sêr y byd teledu Cymraeg.

Dechreuodd y ddefod o archwilio'r newydd-ddyfodiad unwaith eto, pan drodd y cwsmeriaid i weld pwy oedd yn ymgasglu wrth y fynedfa. Yn rhinwedd ei statws newydd fel preswyliwr, teimlodd Iolo fod ganddo'r hawl i ymuno yn y syllu. Gyda swagar trahaus, camodd tri dyn i ganol y llawr, ill tri'n cydgerdded fel un. Dyn barfog yn ei bumdegau oedd y lleiaf ohonynt a gwisgai grafat blodeuog. Buasai'n edrych yn drwsiadus ond am y pantiau a'r creithiau ar ei wyneb, olion menig paffio bid siŵr. Gŵr lletach o lawer a chanddo fola yfed trawiadol oedd ar ei law chwith. Crwtyn main yn ei arddegau oedd ar ei law dde. Sylweddolodd Iolo mai'r dyn yn y canol oedd y bòs. Roedd ganddo ryw rym mesmerig dros y gynulleidfa, ac er gwaethaf awydd Iolo i droi ei lygaid ymaith, ni fedrai.

Daeth y tri dyn i sefyll wrth ei ymyl, Heb unrhyw

gyfarchiad, ac mewn acen *Eastenders* dyma'r Crafat yn dweud:

'Three whiskey chasers, luv.'

Wrth i Mrs Benfelen droi at y gwirodydd yn y cefn, dyma'r crwtyn yn neidio dros y bar ac yn gafael ynddi a thynnu cyllell o dan ei gwddf.

'Nobody move or the bitch here gets it.'

Tynnodd y llafn miniog yn agosach ati, a gyda hynny, daeth y Bola â sach allan o'i boced. Ufudd-dod. Tawelwch. Ofn. Edrychodd pawb ar rym y metal brwnt yn gwthio pen y barmed 'nôl yn boenus o bell. Er hyn arhosodd hi'n llonydd, yn stoicaidd, yn ildio dim iddynt. Roedd edmygedd ymysg y gynulleidfa o'i safiad urddasol hi, er bod pawb yn ceisio'u gorau i ddal rhyw *poker face* er mwyn peidio â chynhyrfu'r tri. Aeth y Bola â'i sach draw at Iolo.

'Money, phone, cards,' dywedodd mewn ffordd stacato, ffyrnig. Pum deg un ceiniog oedd ganddo ar ôl yn ei boced. Taflodd yr arian mân i'r sach fach yn ogystal â'i garden credyd. Cydiodd yn y ffôn ac yna'n gyndyn, ond gydag un llygad ar Mrs Benfelen, taflodd ei iPhone tri chan punt i'r pair. Teimlodd boen wrth i'r ffôn ddiflannu i berfeddion y sach, ond roedd yn falch nad oedd yn gwisgo ei fodrwy briodas.

Diolchodd pan symudodd y ddau ymlaen i bluo'r diaconiaid. Roedd yr hynaf o'r rhain yn anfodlon iawn ymadael ag unrhyw eiddo. Cadwodd ei ddwylo wedi'u clensio yn ei bocedi, yn ei gwneud yn glir y byddai angen iddynt frwydro am bob un o'i geiniogau.

'I'm not asking again, money, *now*.'

Gwrthododd yr hen ddyn eto. Roedd yn rhy hen i ofidio, yn rhy hen i gymryd ordors. Aeth y Bola y tu ôl iddo gan wthio'i freichiau yn ôl. Roedd angen cryn dipyn o ymdrech gan fod yr hen foi yn gryf, a'i gyhyrau wedi eu naddu gan y tir. Aeth Crafat ato i'w ddyrnu'n ddidrugaredd. Roedd yn boenus edrych ar y pwniadau a'r bachiadau'n brathu'r corff. Gorffennodd ag *uppercut* a achosodd i'r hen ddyn ddisgyn yn domen lipa ar y stôl. Fel anifeiliaid llwglyd tynnodd y ddau'r arian mân o'i bocedi. Bu'r holl ymdrech am lai na phum punt. Rhoddodd y ddau ddiacon arall eu harian mewn amrantiad, yn ogystal â'u ffonau, eu modrwyon – ac yn wir bopeth arall, hyd yn oed allweddi'u ceir.

Aeth Crafat a'r Bola ymlaen i gasglu offrwm y bwrdd soffistigedig, bonheddig, a heb brotest diflannodd eu waledi tewion i waelodion y sach. Berwai Iolo y tu fewn ac roedd y rhwystredigaeth yn ei lethu. Roedd angen herio'r bastards bach. Gafaelodd yn sownd yn ei stôl gyda'i law dde a phetai cyfle yn codi, byddai'n chwipio'r gadair i'r awyr ac yn ei hanelu at benglog un o'r lladron. Bob hyn a hyn byddai'n taflu golwg ar Mrs Benfelen, a gyda phob edrychiad roedd gafael y crwt yn llacio a'r gyllell yn cwympo fodfedd wrth fodfedd oddi ar ei llwnc. O fewn ychydig funudau efallai y byddai gobaith ganddo gydio yn y crwt cyn i'r llafn gyrraedd cnawd y ferch. Beth fyddai Dad yn ei wneud? Mewn fflach gwelodd ei dad yn eistedd ar ben carreg:

'Cer amdani,' dywedodd wrtho. 'Cer amdani.'

Cyn iddo gasglu ei feddyliau ynghyd, roedd pob dimai goch a berthynai i bawb yn y dafarn yn gorwedd yn gysurus yn sach y lladron, ac aeth Crafat y tu ôl i'r bar i hawlio arian y til.

'Open it.' Gollyngodd y Crwt ei afael ar Mrs Benfelen yn llwyr, ac yn araf aeth hi i agor y peiriant. Chwarddodd Crafat wrth iddo gipio'r arian a'i stwffio i'w bocedi; roedd yr holl beth mor hawdd.

Roedd pawb yn disgwyl iddynt adael, doedd dim pwrpas iddynt aros, ond safodd Crafat o flaen Mrs Benfelen yn edrych yn fygythiol arni. Yn sydyn, gafaelodd yn y ferch a'i llusgo o'r tu ôl i'r bar tuag at ochr wag y dafarn. Roedd hithau'n straffaglu, yn ceisio codi dwrn arno, yn protestio ac yn ymbil ar bobl i'w helpu. Daeth y Bola a'r Crwt fel rhyw linell rhwng y weithred a'r yfwyr. Trawyd hi ar draws ei hwyneb sawl gwaith gan Crafat, a phan welodd Iolo ef yn ei thaflu i'r llawr ac yn codi ei sgert, collodd ei limpin yn llwyr.

Penderfynodd ymosod ar y dihirod. Arhosodd, cyfrodd i dri yn ei ben, ac yna cododd y stôl a'i thaflu at y ddau â'i holl nerth, ond trawyd y celficyn o'r ffordd yn ddidrafferth gan y troseddwyr. Yna gafaelodd mewn stôl arall a rhedodd tuag atynt, gan geisio dal y ddau ddyn yr un pryd. Cyn iddo'u cyrraedd, teimlodd ergyd i gefn ei ben a dyma'r Bola yn neidio arno.

'For fuck's sake! Helpwch fi!' gwaeddodd ar yr yfwyr a oedd yn aros yn stond yn gwylio'r olygfa wrth iddo geisio paffio a tharo'i ymosodwr.

'Help!!'

Mewn anobaith trodd at y Saesneg, gan grefu ar y cyn-chwaraewyr chwist. 'Help me! Please! Somebody! Dewch 'mlân, bois, un gyllell sy 'da nhw.'

Daeth y Crwt draw ato a dechrau'i gicio yn ei gefn. Clywodd y ferch yn sgrechian a sgrechian, ond eto doedd neb yn ymateb. O ganol y sgrym ymbiliodd:

'For fuck's sakes! Gwnewch rywbeth! Helpwch y barmed.' Yna teimlodd lafn yn tynnu ar draws ei goes ac aeth ei gorff yn oer ac yn stiff; daeth gwich o boen o'i enau. Ymhen eiliadau gwelodd y tri dihiryn yn dianc o'r dafarn, yn rhydd ac yn hollol ddigywilydd, y bastards di-asgwrn-cefn!

Roedd lot o waed, ond doedd y graith ddim yn ddwfn iawn. Ei gonsýrn mwyaf oedd y ferch. Pa olion roedd y cythraul yna wedi'u gadael arni? Teimlai'n rhy dila i symud yn syth, ond pan lwyddodd i godi ar ôl sawl munud, gwelodd Mrs Benfelen yn sefyll wrth ei ochr â golwg orffwyll yn ei llygaid. Wylodd hithau'n ddolefus a dechreuodd gnoi ei dyrnau'n afreolus, yna aeth i dynnu'i gwallt yn wyllt. Syllodd pawb arni heb symud, ond ymdrechodd Iolo i symud tuag ati a cheisio'i chysuro.

'Mas,' poerodd ato.

'Be wnes i?' protestiodd. 'Fi oedd yr unig un i wneud rhywbeth.'

'Mas.'

'Hold on, nath y diawled hyn ddim byd i dy helpu.'

Edrychodd o amgylch gan weld y llygaid bygythiol yn gwgu arno.

'Pam fi?'

'Cer. Cer,' gwaeddodd, ei llais yn llawn fitriol.

Yn amlwg roedd hi mewn cyflwr bregus, ac roedd ei melltith yn ddigyfeiriad. Deallai hynny'n iawn, ond eto ni fedrai ddioddef yr annhegwch.

'Hei, sdim byd 'da fi i neud 'da'r lladron.'

'Dwi ddim yn becso dam. Cer mas.'

Agorodd hi'r drws a thaflodd ei sach allan i'r nos. Roedd e'n gegrwth, a heb fwy o ddadlau, dilynodd ei eiddo. Daeth hi ar ei ôl gan slamio'r drws yn glep yn ei wyneb. Anghredadwy! Roedd e'n difaru'r holl daith, yn difaru gweld y dafarn, yn difaru ymateb, yn difaru gwrando ar ei dad, ac yn bennaf oll yn difaru cael ei eni'n Gymro. Shwd bobl lwfr! Ac os nad oedd hynny'n ddigon, ar ôl iddo eistedd ar y stepen a gwylltio'n gacwn a phregethu am beth amser, fe welodd bawb yn ymgynnull o amgylch y *bay window* a'r bitsh uffarn yn rhoi siot o rywbeth iddynt.

'Tri, Dau, Un,' a thaflodd pawb yr hylif i lawr eu gyddfau, a whap edrychai fel pe bai pawb yn dathlu.

Cymerodd grys T o'i fag a'i lapio fel cadach o amgylch ei goes. Roedd mwy o waed yn llifo erbyn hyn a dechreuodd hercian tuag at y brif heol. Roedd wedi ei siomi'n ddirfawr ac mewn poen ofnadwy. Pam gafodd e ei daflu allan? Pam gafodd e ei drin mor wael? Beth oedd y diawl 'na wedi'i wneud iddi? Teimlodd ei ben yn troi, aeth ei goesau'n fferllyd ac yna wrth i gar basio cwympodd fel rhacsyn i gwrdd â'r llawr.

Roedd y breuddwydion yn rhai lliwgar ac yn ffrwydro o'i benglog. Cafodd ei hun yn edrych y tu ôl i raeadr am rywbeth, ac ar ôl ymdrechu am beth amser daeth ar draws ei focs bwyd. Rhyfeddodd at y cyd-ddigwyddiad ac yna aeth ati i agor y bocs. Y tu fewn roedd y gwcw'n gorwedd a thosturiodd wrthi a dechreuodd lefain. Cwympodd ei ddagrau ar frest y truan. Yn sydyn dechreuodd un adain chwifio, ac yna'r llall, ac yn raddol agorodd llygaid yr aderyn. Mewn syfrdandod safodd Iolo yno, wedi'i barlysu'n llwyr.

'Iolo, Iolo, wake up.'

'Beth sy' wedi digwydd?' sibrydodd. 'Ble ma'r gwcw?'

'You're in hospital, dear,' meddai ei wraig yn bwyllog. 'You were found outside the Black Lion, you've had stitches in your leg.'

Wedyn yn fwy swrth dyma hi'n gofyn, 'What the hell happened?'

'I don't know, what do you mean?'

'The police want to speak to you. The barmaid in the Black Lion gave drinkers rat poison last night. Six are dead including the barmaid and six are on life support, and you were found outside stabbed. What the hell happened?'

Gwyrdroad. Ailfeddwl. Ymddiheuro. Llethwyd Iolo gan y datganiad, ac roedd e'n fyrdd o emosiynau, o deimlo trueni dros dynged a cham Mrs Benfelen, i'w hedmygu am ei haberth dewr. Yn y cyfamser roedd ei wraig wedi gafael yn y bocs plastig o'i fag, ac wrthi'n anelu'r pecyn at ei fola.

'And what's this?' Hyrddiodd ei wraig y bocs, ac wrth i'r anrheg hedfan drwy'r awyr, disgynnodd yr aderyn o'i garchar plastig a chwypo'n ddiurddas i ddwylo Iolo.

Cafodd lond twll o ofn wrth weld y lwmp madreddog yn ei law, fel bwgan o'r cynfyd. Cododd y drewdod gyfog arno, ac roedd teimlad y corff pluog yn hala ias oer i gripiad i fyny bwlynnau cnotiog ei gefn. Fe arhosodd yno'n nyrsio'r truan, ond fyddai dim gwellhad; roedd y chwain wedi ymgartrefu a'r corff wedi dechrau crebachu.

Magodd yr aderyn yn fwyfwy ffyrnig, gan ysgwyd y claf yn orffwyll. Roedd e am weld y llygaid yn agor, roedd e am i'r adenydd chwifio unwaith eto, ond yn fwy na hynny yr hyn roedd e'n ei ddymuno yn fwy na dim oedd cael clywed ei gân atseiniol unwaith eto:

CWCŴ, CWCŴ, CWCŴ, CWCŴ.

Y GWALCH

Huw Chiswell

*Rwy'n dy weld o bell, bysgodyn bychan, yn
dy fyd diogel o dan y don. Rwy'n dy weld o'r
entrychion. Gwelaf yn glir freuder dy esgyrn
mân. Mae'r haul nawr ar fy ngwar, yr awel
yn was dan f'adain a 'mhig am fwa'r byd
bach tan ei orwel draw. Gwelaf y cyfan.*

Fe oedd y disgybl mwyaf trawiadol, efallai oherwydd
ei wallt fflamgoch a oedd i'w weld o bell yn fflachio fel
rhybudd. O bosibl hefyd, o achos ei ddannedd gwynion,
lond ei geg, a befriai am yn ail â'i goelcerth o wallt wrth
i'w wên barod wawrio. Neu efallai oherwydd ei feddwl
craff a'i allu fel cerddor, llenor, ieithydd a mathemategydd;
ond yn goron ar y cyfan, gwalch oedd Siôn Marc.

Roedd yn ddraenen yn ystlys athrawon, a'i
wybodaeth eang am gynifer o bynciau yn gefn iddo yn
nadleuon mynych y gwersi. Ac yntau'n adarwr eang iawn
ei wybodaeth ac wrth ei fodd gyda chyfoeth byd natur
yn gyffredinol, soniodd fwy nag unwaith fod ei fryd
ar fod yn anturiaethwr a bûm yn ffodus iawn o fod yn
dyst i lawer o anturiaethau cynnar ei lencyndod. Bydd ei

gyfoedion oll yn Ysgol Gyfun y Graig yn siŵr o gofio i'r dim ei gamp gyhoeddus gynharaf a mwyaf beiddgar.

Tua chanol saithdegau'r ganrif ddiwethaf roedd y Gwalch wedi bod yn casglu enwau ac arian noddwyr ers wythnosau – Cymorth Cristnogol oedd yr elusen a ddewisodd mab y mans yn yr achos hwn. Roedd yr ysgol yn ferw o gyffro wrth ddisgwyl y digwyddiad nodedig. Daeth medrau'r impresario hefyd i'r wyneb yn nhactegau Siôn wrth gynyddu'r cyffro hwnnw.

'Heddi yw'r diwrnod mawr? 'Sishe ni fod dros y bont ar y ca' whare amser cinio rhac ofan?'

'Nace heddi fydd hi, mae'r cyffro'n dew yn aer yr ysgol ac ambell i athro 'di s'nwyro bo' rhwpeth ar dro'd ac er nacyn nhw'n siŵr beth yn gwmws sy'n mynd mlâ'n, maen nhw bythtu'r lle. Fory falle …'

Daeth rhyw yfory yn y pen draw a chafodd Ysgol Gyfun y Graig ei lle yn hanes y ffenomen honno oedd yn perthyn i'r cyfnod. Gwawriodd diwrnod y strîc fawr. Yn ddisymwth y prynhawn annisgwyl hwnnw trawsffurfiwyd y Gwalch yn garw coch llachar. Gwibiodd y fflachbeth hyd ddau gylch o'r cae cyn cilio yn ôl at ei lifrai ysgol arferol, gan ailymddangos fel petai 'mond munud yn ôl wedi'i feddiannu gan estron o fyd arall a ddygodd dros dro unrhyw swildod a hunanymwybyddiaeth a sychu'i gof o'r achlysur yn lân.

Enillodd barch pob disgybl yn yr ysgol o'r newydd ond yn ôl y drefn hynafol honno, roedd bradwr yn ein plith a siom oedd cael gwybod maes o law i'r prifathro rywsut glywed sôn am y gamp. Galwyd

Siôn i'r swyddfa fach lle dylid bod wedi'i ganmol am ei ddireidi gorchestol ond lle, yn hytrach, y'i cosbwyd am ei hyfdra anystywallt. Y camwedd gwaethaf un oedd i'r prifathro ddwyn ei arian Cymorth Cristnogol. Does dim ond gobeithio i ryw Gristion neu'i gilydd gael budd ohono.

Rwy'n dy weld, bysgodyn bach, ond weli di mohono i tan yr eiliad olaf. Yr eiliad i ti ymroi a throi'n ufudd ataf yn dy dranc anorfod. Codaf eto, esgynnaf drachefn at fy nheyrnas fry a bwa'r byd bach tan ei orwel draw.

Er ei fod yn bianydd medrus a roddodd ddatganiad cofiadwy o goncerto Mozart mewn C i gyfeiliant cerddorfa'r ysgol, ac er iddo gyrraedd safon uchel hefyd ar y soddgrwth, cwympodd Siôn Marc mewn cariad ag offeryn hyd yn oed mwy trwsgl a lletchwith i'w gludo na hwnnw. Ei wir gariad oedd y tiwba. Offeryn amlwg, llawn presenoldeb ac iddo waelod cadarn ac eto elfen gellweirus a digri, ac roedd y tiwba ar ei ddigrifaf y noson anfarwol honno yn Neuadd y Brangwyn, Abertawe.

Bu cerddorfa'r ysgol yn ymarfer ers tro ar gyfer y cyngerdd blynyddol, achlysur poblogaidd bob tro, a'r neuadd fawr, urddasol a'i murluniau coeth o dan ei sang o rieni a chydnabod. Golygai hyn gryn bwysau ar athrawon yr Adran Gerdd a'r sawl oedd yn ymwneud â pharatoi'r gerddorfa a'r côr mawr.

Ymfalchïai'r ysgol yn ei thraddodiad cerddorol yn y cyfnod hwn, traddodiad a fyddai'n ennyn cenfigen o bob cwr o Gymru pan ddeuai eisteddfodau'r Urdd. Wrth i'r dyddiad ddynesu a'r ymarferion yn yr ysgol ddigwydd yn fwy mynych, roedd popeth o dan reolaeth a sain ddigon derbyniol yn dod ar yr Handel, y Bach a'r Sibelius; o dan reolaeth, hynny yw, tan ddaeth y datganiad gan bennaeth yr Adran Gerdd, yr annwyl Robert Milton, bod gorchymyn wedi dod oddi fry a bod gofyn i ni gydganu, yn ogystal â 'Hen Wlad Fy Nhadau', yr anthem estron, eto swyddogol, honno, 'God Save the Queen'.

Roedd y mwyaf di-hid yn ein plith yn anesmwyth ynglŷn â'r fath syniad a phan ddaeth y neges bod y gerddorfa gyfan i godi ar ei thraed er mwyn chwarae, roedd hi'n gyfystyr â *jihad*; penboethiaid yn bytheirio a thynnu'u gwallt, eraill mwy trefnus yn casglu enwau ar gyfer deiseb ond y Gwalch yn gwylio'n dawel oddi fry â golau yn ei lygad.

'Gadewch y cyfan i fi,' daeth y datganiad distaw, enigmatig, llawn darogan. Gwyddwn ar unwaith nad geiriau gwag, diystyr oedd y rhain. Roeddwn yn adnabod y Gwalch yn ddigon da i wybod bod y strategaeth gywir yn glir yn ei ben. Mynnodd Siôn y dylai pawb gydymffurfio â gorchymyn brenhinol yr ysgol ac ymddwyn fel petaem oll yn frenhinwyr i'r carn, yn ufudd a thaeog fel Cymry glân.

Ces i'r fraint yn y man o gael cipolwg ar ei gynlluniau cain a gofalus cyn y noson fawr ac mi oedd yn gymaint ag y gallwn wneud wedyn i beidio â gollwng y gath o'r cwd i gyfeillion eraill, mor llachar oedd ei weledigaeth; ond o gofio brad y strîc fawr, roedd rhaid wrth ddisgyblaeth a thaw oedd piau hi.

Mae'n bleser bellach rannu'r hanes. Roedd Siôn Marc wedi cyfansoddi darn tiwba pwrpasol ar gyfer y Cwîn, darn y gallai hi, ei mawrhydi ei hun, ymfalchïo ynddo, yn enwedig o ystyried y llafur caled a'r dychymyg a oedd â'u hôl yn amlwg ar y sgôr. Gwaith modern ac arloesol ydoedd gan y byddai'r tiwba ar y noson yn chwarae mewn cyweirnod hanner tôn yn uwch na gweddill y gerddorfa ac yn gyforiog o ddylanwadau cerddorol amrywiol a fyddai'n siŵr o roi bywyd newydd i'r darn cyfarwydd, diflas a diddychymyg hwnnw, 'God Save the Queen'.

Cofiwn hefyd fod Neuadd y Brangwyn, Abertawe wedi'i chynllunio ar ffurf petryal a chanddi enw fel neuadd gyngerdd sy'n amlygu sain yr offerynnau isel eu nodiant – yn enwedig efallai unrhyw offeryn pres sydd â'i gorn yn anelu tuag at y nenfwd. Byddai nodau'r tiwba'n teyrnasu uwch pob offeryn arall. Esgynnai nodau'r Gwalch fry i'r entrychion i gylchdroi dim ond i blymio'n ddidrugaredd drachefn i ddyfroedd tawel y gynulleidfa.

Mi ddaeth y noson fawr a gwerthfawrogwyd yr Handel, y Bach a'r Sibelius yn fawr gan y dorf dwymgalon, ddagreuol o rieni a pherthnasau balch. Wedyn daeth awr yr anthem anfarwol. Edrychai Robert Milton yn hynod o smart a thrwsiadus yn y *tuxedo* ac ymatebodd y gerddorfa i glec ei faton ar y sgôr o'i flaen gan godi fel un dyn.

Seiniwyd cymal cyntaf y Cwîn gydag arddeliad ac efallai hyd yn oed rhyw fymryn o dynerwch mynegiant – cyn i'r tiwba anfarwol ymuno yn y gân. Mewn ton o gyfeiriadaeth glasurol a chan efelychu'r cyfansoddwyr mawr sydd wedi adlewyrchu eu traddodiad gwerin yn eu cyfansoddiadau trymaf, trochwyd y gynulleidfa mewn melodïau cyfarwydd, soniarus – os hanner tôn yn uwch na phawb arall. Yn hwylio ar awyrgylch wresog y noson, daeth i'r glust glasuron anfarwol fel 'Old MacDonald', 'Ar Feic Pennyfarthing' a 'Maybe It's Because I'm a Londoner'.

Does gen i ddim cof o f'ymateb fy hun o res flaen y ffidlwyr, p'un a wenais ai peidio, ond ro'n i ddigon agos at Mr Milton i werthfawrogi cochni dwfn ei wynepryd yn pylsu uwch purdeb y *tuxedo* gwyn. Beth bynnag, yn gadarn yng nghefn y gerddorfa ac yn uwch na Bach a'r bois, tiwba'r Gwalch oedd seren y noson.

Er bod tair blynedd o wahaniaeth oedran rhyngom, daethom yn ffrindiau da, yn gymdeithion yng ngherddorfa'r sir ac yn gyd-wersyllwyr selog bob eisteddfod. Un o'r Ystrad oedd Siôn, felly ro'n ni hefyd yn gymdogion a minnau ryw filltir i lawr y cwm. Eto, yn ôl trefn bywyd daeth fforch yn y llwybr a Siôn yn gwyro am Lundain wrth i'w gyfnod yn yr ysgol ddod i ben. Byddai croeso iddo yn unrhyw un o golegau'r ddinas honno mewn unrhyw bwnc, bron, ond roedd ei fryd ar y tiwba o hyd.

Ar waethaf doniau amrywiol y polymath Siôn Marc, pan oedd gofyn gyrru car, er mor frwdfrydig yr oedd dros fynd ar daith i unrhyw gyfeiriad, doedd Siôn ddim mo'r mwyaf naturiol y tu ôl i'r olwyn. Eto, gwibiai man hyn a man draw yn y Mini lliw *Harvest Gold* a'r casyn tiwba yn aml wedi'i wasgu i'r sedd gefn. Yr haf hwnnw, ar un o'i wibdeithiau mynych, ac yntau ar fin hedeg am Lundain, wrth ymbalfalu am ryw donfedd neu'i gilydd ar radio'r car aeth Siôn Marc a'r Mini i'r gwrych. Bu'n fwy ffodus na'r seren arall hwnnw o'r un cyfnod, Marc Bolan, ac ni ddioddefodd anafiadau a allai beryglu ei fywyd – nid yn uniongyrchol beth bynnag – ond byddai'r goblygiadau'n bellgyrhaeddol. Collodd Siôn bob dant a sgleiniai ym mlaen ei geg.

Byddai llawer yn diolch i'r drefn gan ganmol ei lwc am iddo ddianc yn fyw gyda chyn lleied o dolc, ond bydd y cerddorion yn eich plith a'r sawl sydd â dealltwriaeth o offerynnau chwyth yn ymwybodol o sancteiddrwydd yr *embouchure*, sef ffurf cyhyrau'r geg a'r gwefusau wrth gyffwrdd â'r offeryn er mwyn creu'r sŵn. Mae pob *embouchure* yn unigryw a phob sain a gynhyrchir gan yr *embouchure* hwnnw, felly, hefyd yn unigryw. Dyma gyswllt yr offerynnwr â'i offeryn. Craidd y weithred o greu'r sain. Yno yn sedd gyrrwr y Mini lliw *Harvest Gold* ar y diwrnod heulog hwnnw o haf, diflannodd un *embouchure* unigryw am byth ac er iddo, ymhen amser, gael llond ceg o ddannedd newydd roedd bwlch bellach lle byddai'r casyn clogyrnog, a dyna ddiwedd ar freuddwyd Siôn Marc a phaid ar ei uchelgais o ddilyn gyrfa ddisglair ym myd sgleiniog y tiwba.

Daeth tro ar fyd, felly, a Siôn ar ei ffordd i Lundain,

ond nid bellach i ddilyn smotiau hud byd cerdd, ond yn hytrach hafaliadau hyfryd Mathemateg. Eto, ar waetha'r hyfrydwch, roedd ei gyfnod ym mwg y ddinas ar ben ymhen y flwyddyn a'r naturiaethwr oedd mor gryf yn ei gynhysgaeth yn dod i'r wyneb a'r awyr iach a'r anialwch yn galw. Byddai Siôn yn gymwys fel warden unrhyw barc cenedlaethol o'i arddegau ymlaen gyda'i wybodaeth eang am bob agwedd ar fyd natur, a'i reddf naturiol yn hyn o beth a'i hudodd o Lundain a'i annel am y bryniau!

Af yn ôl gyda'r machlud. Dychwelaf fel alltud gyda'r hwyr. Yn ôl am y gorllewin a'm hadain yn gysgod rhag haul coch fy nghynefin. Anelaf am fwa'r gorwel y tu hwnt i'r byd bach.

Yn ystod Eisteddfod Genedlaethol Llanrwst, ar ôl taro ar ein gilydd ar y Maes, fe dreulion ni noson yn null yr eisteddfodau cynnar hynny yng nghwmni'n gilydd, ond does byth fodd ail-greu'r gorffennol na throi olwyn faith amser yn ei hôl ac er i ni fwynhau dwyn i gof yr hen hanesion, prin fu'r cyswllt rhyngom wedyn.

Eto, deuai ambell i stori amdano o'r gogledd gan ffrindiau a chydnabod – roedd y Gwalch bellach yn nythu yn Nant Ffrancon.

''Se ti ddim yn ei nabod e nawr!' dywedodd cyfaill alltud o'r de wrthyf dros y ffôn rywdro. Gwallt fflamgoch ei ben yn ôl y sôn bellach at ei din mewn dreds ac yntau'n byw bywyd braf y mannau dirgel, di-sôn. Rhaid dweud i mi deimlo fod hyn yn rhywbeth i'w ddathlu. Roedd Siôn yn greadur digon cymdeithasol a fyddai'n ennyn diddordeb pwy bynnag a ddeuai i'w gwrdd – gan ddod â'r olwg 'pwyddiawlywhwn?' yna a welais ar lawer i wyneb wrth rannu sgwrs ag e am y tro cyntaf. Eto, roedd hefyd yn gwbl gyfforddus yn ei gwmni ef ei hun a'i feddwl chwim byth mewn perygl o segura waeth beth fyddai'r amgylchiadau. Gwyddwn y byddai wrth ei fodd.

Adar o'r unlliw hedant i'r unlle, yn ôl y sôn, ac mae'n debyg i'r meddwl chwim droi at walch y môr, yr aderyn hwnnw aeth mor brin yng Nghymru ond a ddychwelodd yma drachefn i nythu yn ystod y nawdegau. Er na ches innau fawr o'i hanes yn ystod y cyfnod hwn na chyfle chwaith i drafod ei ddiddordeb gydag e'n uniongyrchol, deallwn yn glir natur ei obsesiwn a dychmygu ei afiaith wrth ymddiddori yn yr aderyn hardd hwn. Eto, yn ôl yr arfer pan fyddai Siôn ynghlwm wrth y sefyllfa, gwyddwn y byddai rhyw glec neu'i gilydd cyn clwydo ac yn wir, ymhen amser mi aeth bywyd i gyfeiriad digon tywyll.

Mae dwyn a gwerthu wyau adar prin yn fusnes llewyrchus er nad oes iddo fawr o urddas fel galwedigaeth. Un o'r peryglon mwyaf i ffyniant gwalch y môr erioed fu'r lleidr wyau ac ynghyd â'r defnydd o gemegau andwyol ar y tir, dyma oedd yn bennaf gyfrifol am ei ddiflaniad o'r parthau yn wreiddiol. Er i'r sefyllfa wella yn sgil gwahardd y cemegyn mwyaf niweidiol, roedd tipyn o fynd ar yr wyau o hyd yn ystod y cyfnod hwn. Dim ond rhyw bâr neu ddau o weilch oedd yn nythu yma a'u dyfodol hwythau'n dal i fod yn bur fregus. Byddai'r posibilrwydd o beryglu presenoldeb yr aderyn hwn yn siŵr o gorddi Siôn a oedd yn sensitif erioed i anghyfiawnderau o'r fath. Un eglureb yn unig o hyn oedd ei wrthdystiad cerddorol yn Neuadd y Brangwyn y tro bythgofiadwy hwnnw flynyddoedd mawr yn ôl. Gwn yn iawn y byddai Siôn hefyd yn effro i unrhyw beryglon a allai niweidio'r aderyn a oedd mor annwyl iddo, a gwn y byddai'n gweithredu gydag arddeliad pe byddai angen.

Yn ôl y sôn, bu'n gwersylla yng nghyffiniau nyth y gweilch ar adeg deor yn gwylio rhag tresmaswyr trachwantus a feiddiai elwa ar draul y rhywogaeth brin hon o adar hardd ac urddasol. Gallwn faddau i rai am weld ei safiad fel gorymateb i berygl os nad paranoia. Er hynny, yn ogystal â bod yn gymeriad unigolyddol ac unigryw, roedd Siôn yn berson o gryn weledigaeth a dwi erioed wedi meddwl amdano fel un afresymol chwaith.

Yn wir, daeth cyfiawnhad o'i bryderon wrth i rywrai ddod at y nyth ganol nos a Siôn, fel unrhyw fod dynol, yn barod i amddiffyn ei anwyliaid i'r carn. Rhaid dod at ein casgliadau ni'n hunain ynglŷn â'r hyn a ddigwyddodd nesaf a rhaid cydnabod dedfryd y llys barn a feddai ar lawer iawn mwy o wybodaeth am yr achos nag sydd gen innau. Mae'n debyg mai aelodau o'r heddlu oedd y sawl a ddynesai at y nyth y noson honno ac mae'n debyg hefyd na chawson nhw'r croeso twymgalon arferol gan Siôn. Dŵr twym felly i'r Gwalch unwaith eto ond achubiaeth o bosib i'r gweilch.

Nodwedd arall ar gymeriad Siôn oedd dyfalbarhad, a phan gododd yr union sefyllfa dro wedyn cynyddodd tymheredd y dŵr hyd at ferwi a wynebai'r Gwalch achos llys arall a thebygolrwydd y tro hwn o garchar am aildroseddu â'r fath hyfdra ac amarch tuag at gyfraith gwlad. Does dim ond dyfalu'r effaith a gafodd hyn arno.

Alla i ddim dychmygu y byddai wynebu cyfnod byr mewn carchar yn ei drwblu'n ormodol, yn enwedig o ystyried yr ymwybyddiaeth gref o gyfiawnder ac o'r hyn sy dda a'r hyn sy ddrwg oedd wedi'i serio yn ei fod. Pe byddai gofyn i mi fentro damcaniaethu, dywedwn mai meddwl am orfod gadael y nyth heb ei gwarchod fyddai'n ei boeni fwyaf. Mentraf ymhellach. Gwn y gallai hynny, yn anad dim, nychu ei ysbryd i'r byw.

Mae'n ddigon posib imi, hyd yma, greu darlun o'r Gwalch fel arwr glew oedd heb ei reibiwr, gormeswr camweddau heb yr un gelyn i'w ofni. Gwyddom oll nad yw'r fath greadur yn bodoli. Y gelyn oddi mewn yn aml yw'r gelyn peryclaf, dycnaf a mwyaf didostur, ac er i'r Gwalch deyrnasu'n urddasol yn yr uchelfannau, roedd gofyn nawr iddo oroesi yn y dyfnderoedd hefyd.

Ni wyddwn ar y pryd am fanylion helyntion truenus ei warchodaeth o'r nyth, ac wrth i Siôn Marc hedeg trwy fy meddwl fel y gwna yn aml, rwy'n dyfalu 'sgwn i a fyddwn wedi gallu bod yn gefn iddo yn y tywyllwch a ddaeth drosto wedyn. Go brin, ond dychmygaf yn glir fod yn ei feddwl y noson honno uwch y Fenai a theimlo'r awel yn suo trwy dyrau'r bont wrth i ni rannu ambell atgof o ddiniweidrwydd ein llencyndod: llonyddwch dros y tir yn y pellter, y dŵr tawel oddi tanom yn araf chwilio am ei fôr ac yna, bron â bod fel gwir atgof, sain dyner y ffarwél olaf un.

Ac wrth blymio i'r dŵr o'r diwedd o'i gaer uwch y Fenai, yn yr eiliadau prin hynny, onid oedd y Gwalch yn ei anterth?

Gwelaf yn glir. Garwaf fy mhlu. Anelaf am fwa'r gorwel pell y tu draw i'r byd bach hwn.

WRTH Y BONT

Rhys Iorwerth

Roedd Tabor wedi bod yn aros yn hir. Gyhyd, yn wir, nes ei fod o rŵan wedi dechrau ffwndro a fferru yn y glaw mân oedd yn pitian patian ar wyneb y dŵr. Yn tipian tapian, dripian dropian, a chalon Tabor yn suddo'n ddyfnach bob yn ail ddiferyn.

Roedd yna niwl wedi glanio hefyd, y tipyn peth yn disgyn fel gwlanen dros y lan. Nid niwl tarthlyd bore o haf, ond niwl gwlyb clecian dannedd, niwl codi coler eich côt. Y drwg oedd, doedd gan Tabor ddim côt. Roedd o wedi dod at yr afon yn llewys ei grys gorau ac wedi hen ddechrau difaru erbyn hyn.

Meddyliodd am roi ei din i orffwys ar wal y bont, ar y bwa bach caregog oedd rhyngddo fo a'r dŵr. Gorffwys ac ailfeddwl a phenderfynu o'r newydd be i'w wneud. Ond thyciai hynny ddim. Ddim petai hi'n digwydd dod rownd y gornel yn wên i gyd ac yn ei weld o wedi anobeithio yn y fath fodd.

A pheth arall, ymresymodd Tabor, mi allai'n hawdd golli'i fêrings a'i falans yn y tawch a disgyn dros ei ben i'r lli. Mor anffodus fyddai hynny, gorfod sblasio fel melin am y lan a hithau'n cyrraedd ac yn meddwl: pwy ddiawl ydi'r llwdwn hwn dwi wedi cytuno i gwrdd ag o am ddêt? Arhosodd Tabor lle'r oedd o a pharhau i gicio'i sodlau.

Roedd hanner awr wedi mynd heibio a Tabor yn digalonni fwyfwy wrth i'r munudau ddiflannu. Ond yn sydyn, tybiodd iddo glywed cloch yn canu rywle yn y mwrllwch. Ddywedodd hi ddim fod ganddi feic, meddyliodd, a'i obeithion yn llamu. Teimlodd yn sicr wedyn iddo glywed llithro teiars yn dynesu ar hyd y cobls a gwichian brêcs yn dod trwy'r niwl i'w canlyn.

Nid dychmygu hyn wnaeth Tabor, ond nid hi oedd piau'r gôt frownwyrdd na'r het ddu galed a welodd o'i flaen chwaith. Yn hytrach, hen ddyn pitw, gwargam oedd yno, ei wyneb yn flewiach ac yn grechwen i gyd. Ar ei gefn roedd mwsged cyntefig a bidog. Ac nid ei frêcs oedd yn gwichian ond ei ysgyfaint.

'A beth wyt ti'n ei wneud yn tresmasu man hyn, gwboi?' crawciodd yr hen ŵr. 'Ac ar ddwarnod fel hyn ar ben 'ny?' Stopiodd ei feic a syrthio oddi arno. (Ni wichiodd unrhyw frêcs.)

'Gad i mi ddyfalu,' meddai, cyn i Tabor gael chwarter gair o'i geg. 'Rwyt ti wedi dod, on'd wyt ti, i gwrdd â'r ferch benfelen lygatlas honno y buest ti'n ymhél â hi yn y ddawns y noswaith o'r blân.'

Roedd Tabor ar fin ateb, ond achubodd y corrach y blaen arno. Dawnsiai'r mwsged a'r bidog uwch ei ddwy ysgwydd wrth iddo siarad.

'Nawr gwranda di arna i, gwboi,' meddai. 'Bues i 'ma am ddwarnode – dwarnode – pan o'n i dy oedran di. Adeg rhyfel o'dd hi – nid yr un wyt ti'n meddwl amdano fe ond y llall. Ta beth,' meddai'n fyr ei wynt, 'bues i 'ma am ddwarnode a throiodd yr ast ddim lan.'

'Mae'n ddrwg gen i …' meddai Tabor ond torrodd y crinc ar ei draws drachefn.

'A pheth arall, pam sdim cot 'da ti yn y t'wydd 'ma? Ma' ddi'n niwlog, ma' ddi'n bwrw glaw, a dyma ti yn llewys dy grys siec yn edrych fel coc. Shgwlest ti ddim ar y rhagolygon?'

Ar hynny, dringodd y dyn bach yn ôl ar gefn ei feic a phedlo'n sigledig i ffwrdd. Cyn iddo ddiflannu, gwaeddodd yn groch i'r niwl: 'Ddaw hi ddim, fachan, cer gitre cyn i'r cafalri gael gafael arnot ti, wir dduw!'

Rhythodd Tabor ar ei ôl. Doedd o ddim am roi'r ffidil yn y to, roedd hynny'n saff. Ddim a fyntau dros ei ben a'i glustiau mewn cariad fyth ers iddi hi ei lusgo fo o'r gìg nos Fawrth. Roedd hi wedi addo dod i'w gyfarfod wrth y bont ac roedd Tabor yn reit siŵr na fyddai hi'n torri'i gair.

Roedd o'n sicr hefyd fod y glaw yn gwaethygu, fod y niwl yn dechrau twchu'n ara deg. Prin bellach y medrai weld y naill lan na'r llall. Bwriodd ati drachefn i gerdded tri cham ymlaen a thri cham yn ôl i gadw'n gynnes. Sbiodd ar ei ffôn; dim argoel o signal o hyd. Roedd hi bron awr yn hwyr.

Ac nid hi oedd y nesaf i ddod at y bont chwaith, ond rhyw swyddog tal o'r llywodraeth yn gwisgo côt felyngoch a'i ddannedd yr un lliw. Roedd ganddo reiffl o dan un gesail a chlipfwrdd yn dadfeilio o dan y llall. Chlywodd Tabor mohono'n dod; roedd o wedi bod yn syllu ar y glaw yn creu tyllau yn y dŵr islaw pan deimlodd fys pigog yn ei bwnio ar ei ysgwydd.

Trodd Tabor, a dyna lle'r oedd Jac y Jwc o ddyn yn gwyro fel polyn lamp dros ei ben. Llygaid pŵl, llwydlas; bron na allai Tabor weld drwyddynt at ei frên. (Roedd gan swyddogion y llywodraeth frêns yr adeg honno.)

'Be ti'n da fama'ch diawl, mewn tywydd fel hyn?' holodd swyddog y llywodraeth. 'Oes gen ti ganiatâd i fod yma, ac yn bwysicach fyth, oes gen ti cheswm i fod yma'ch diawl?' (Ni allai'r swyddog ynganu'r llythyren 'r' yn gywir.)

Llyncodd Tabor ei boer wedi dychryn braidd, ond cyn iddo allu yngan dim, roedd y swyddog yn ei bwnio eto'n ei ysgwydd.

'Yn ôl y clipfwchdd hwn sydd gen i, does yna neb i fod yma'ch adeg hon o'ch dydd, y diawl, a dyma chdi'ch hen walch yn achos am dy gachiad yn slei yn meddwl caet ti chwydd hynt i wneud fel a fynnot ti yn y niwl.'

'Wel ddim yn union–' meddai Tabor, ond roedd y swyddog tal o'r llywodraeth yn y gôt felyngoch a'i ddannedd budron yn gynt nag o.

'Ddaw hi ddim, y diawl, dallta, a tchia weld hynna. Petha felly ydi'ch blondans yma a phob un achall o'ch gwchachod bach. Fuish i yma'n dy le di unwaith. Adag chyfal. Tchoi'n flêch ddachu petha a dyna wnân nhw i chditha hefyd. Dos adcha chŵan os ti'n gall, cyn i'ch tancs gychaedd fel gwnaethon nhw tcho dwytha.'

A ffwrdd â'r swyddog a'i gôt a'i ddannedd a'i reiffl dros y bont i'r niwl.

'Paid, wich dduw, â gadael imi gael cip achnach chdi yma eto!' llefodd wrth ddiflannu. Gwnaeth nodyn yn ei glipfwrdd wrth fynd.

Rhwbiodd Tabor ei ysgwydd cyn syllu drachefn i grombil ei ffôn. Roedd y signal yn dal yn farw fud. *Please leave a message after the tone*, dyna fyddai hi wedi'i glywed petai hi wedi trio ffonio. Lwc mul oedd hyn, lwc Tabor. A fyntau'n berffaith siŵr ers y gìg nos Fawrth fod y lwc honno wedi dechrau newid am y tro cynta yn ei fywyd.

Cofiodd am y milfed tro sut y bu iddi'i dywys trwy'r cyrff meddw i gyntedd y neuadd a syllu'n hir i'w wyneb. Ei llygaid yn las a'i gwallt yn felyn. Ei sgwyddau'n noeth a'i sgert yn fyr. Doedd Tabor ddim yn sicr iawn be i'w wneud ond mi gafodd yr hang ar ôl tipyn, ar ôl dallt bod yn rhaid i'r ddau ohonyn nhw fod yn ddigon pwyllog i allu anadlu. Ac ar ôl iddo stopio poeni bod y byd a'r betws am weld fod ei bidlen yn galed fel haearn Sbaen trwy ei jîns.

Craffodd Tabor i lawr yr afon. Roedd y pentre bach yn dawel. Dim i'w glywed ond y pitian patian, tipian tapian, dripian dropian didrugraedd ar wyneb y dŵr. A seiren. Roedd yna seiren wedi bod yn canu rŵan ac yn man yn y pellter, nid seiren heddlu nac ambiwlans nac injan dân ond seiren rhybudd, seiren peidiwch ag aros yn eich unfan os ydach chi'n synhwyrol, seiren dihangwch am eich bywydau ac ewch i guddio mewn twll cwningen.

Y drwg oedd, roedd Tabor wedi bod yn anwybyddu'r seiren ers tro. Mae'n rhaid ei bod hi wedi cael ei dal, meddyliodd. A dyna pryd y clywodd o sŵn corn car diamynedd y tu ôl iddo, car mawr du hen ffasiwn yn ceisio gwthio heibio ar y bont gul.

'Bobol annwyl, what's this?' holodd y bonheddwr canol oed yn y car ar ôl weindio'r ffenest i lawr a sugno ar ei sigâr.

'Young lad yn aros am rywbath,' meddai gan ateb ei gwestiwn ei hun. 'A ble for heaven's sake mae ei gôt?'

Syllodd Tabor arno. Roedd ganddo fwstásh piwslyd (yn amlwg wedi'i liwio) a sbectol dywyll, er nad yn rhy dywyll i Tabor fedru gweld peth tosturi yn ei lygaid. Trwy'r mwg tobaco, gorweddai pistol ar sedd wag y teithiwr a ffolder frown o dan hwnnw.

'Edrych yma, lad,' meddai'r dyn. 'Dwi'n gwybod dy fod ti'n aros am dy hwran, but she failed to turn up tro dwytha i'r shit yma ddigwydd, and then it was like a bomb went off. Literally. Paid gadael i'r un peth ddigwydd eto. Go home rŵan i fod yn saff.'

Ac ar hynny chwyrnodd y Cyrnol Cornelius Picton (oherwydd dyna oedd ei enw) i ffwrdd dros y bont i'r niwl. (Neu yn hytrach, chwyrnodd ei gar i ffwrdd dros y bont i'r niwl ac yntau'n ei yrru y tu ôl i'r llyw.)

Roedd Tabor mewn penbleth braidd ac yn trio'i orau i wneud pen a chynffon o bethau pan deimlodd ei ffôn yn crynu'n ei boced. Sut yn y byd hynny; onid oedd o wedi bod yn hollol ddisignal ers dechrau'r pnawn?

Ond rŵan mi sbonciodd drwyddo. Roedd hi'n ffonio i ymddiheuro ei bod hi'n hwyr ac i egluro y byddai hi yno i'w gyfarfod toc, ymhen y rhawg, cyn bo hir, mewn dim o dro. A'i gwallt melyn a'i llygaid glas yn ymddangos fel breuddwyd trwy'r niwl.

Ond na, fel y gwyddoch, nid hi oedd yn galw ond yn hytrach nain Tabor, ac roedd ei neges yn un ffacin bwysig.

'Gwranda, Tabor, mae'r neges yma'n un ffacin bwysig,' sgrechiodd nain Tabor, megis o ben draw'r bydysawd. 'Lle wyt ti?'

'Wrth y bont,' meddai Tabor yn ddistaw.

'Yn lle?' bloeddiodd ei Nain. 'Fedra i'm clywad.'

'Wrth y bont,' meddai Tabor ychydig yn uwch.

'Clwt-y-bont?' ebychodd ei nain. 'Be ar wynab ffacin daear wyt ti'n da'n fanno?'

Ochneidiodd Tabor yn drwm. Doedd dim diben esbonio.

'Ta waeth,' gwaeddodd ei nain, 'ma isio chdi ddod adra! Ma' angan godro'r ffacin fuwch a mynd i'r cefn i gorddi'r llefrith neu fydd gynnon ni ddim menyn i'w roi ar ein bara menyn bora fory. Mi wyddost fod yn gas gen i fara menyn heb ffacin fenyn. A ma' isio mynd i'r felin falu ac i'r ffynnon i nôl dŵr. A dos i siop gornal ar ffor adra i brynu batris achos ma' remôt y Sky Plus ar y ffacin blinc eto. Oedd yna rwbath arall dwa?'

Ddywedodd Tabor ddim byd, dim ond dal i graffu i'r niwl lle nad oedd yna ddim golwg ohoni o hyd.

'O ia, mi oedd yna hefyd,' crochlefodd ei nain. 'Fuodd yna ryw ddynion go od mewn iwnifforms yma gynna. Paid â mynd ar gyfyl y bont ar dy ffor adra beth bynnag wnei di. Mae yna gyrch ar y ffordd. Fydd rhaid iti ddiosg dy sgidiau a dod trwy'r ffacin afon yn nes lawr wrth yr eglwys.'

Ar hynny diflannodd nain Tabor oddi ar y lein; roedd rhywbeth wedi lladd y signal eto. Roedd hyn yn beth da gan fod pen Tabor wedi dechrau troi.

Ond chafodd hwnnw ddim amser i ddod ato'i hun chwaith. Fel rhuthr mawr o wynt trwy'r anialwch (neu fel lori fawr werdd-ddu trwy'r niwl), dynesodd lori fawr werdd-ddu trwy'r niwl ac ar hyd y cobls at yr afon. Roedd ochr y lori yn agored a rhesi o hogiau mewn dillad *khaki* a'u hwynebau'n fwdlyd yn hongian oddi arni fel cŵn. Gafaelai pen-bandit y criw mewn corn siarad a defnyddiodd hwnnw i sgrechian ar Tabor nerth esgyrn ei ben:

'Stop and stay where you are!!! Don't move a fucking inch, you little rascal cunt!!!'

Fferrodd Tabor ar ganol y bont wrth i'r lori wichian i stop o'i flaen. Pwyntiai ugeiniau o farilau awtomatig ato o gefn y lori ac yn ddiarwybod iddo roedd lasers coch yn sboncian o sgwaryn i sgwaryn ar ei grys siec.

'Who the fuck are you and what the fuck are you doing here?' gwaeddodd y pen-bandit yn ei acen ffilm Etonaidd.

'Tabor ap Mabon,' meddai Tabor a'i goesau'n crynu.

'What the fuck?' meddai'r pen-bandit.

'Must be Hungarian, sir,' meddai rhywun o gefn y lori. 'Tons of them around here.'

'Somebody here speak Hungarian?' holodd y pen-bandit. 'Tell him to fuck off sharp because this bridge is about to be obliterated to smithereens.'

'I speak German, sir,' meddai soldiwr arall. 'It's just the same.'

Rhoddodd y pen-bandit y corn siarad i'r gwirfodd-olwr a bloeddiodd hwnnw trwy'r teclyn: 'Vat are you doing here on zis bridge? Vaiting for your girlfriend?!!! Moveen away from zis shpot at once, you fuckink kretin!!'

Bron i'r olwg yn llygaid y milwr yn unig daflu Tabor dros yr ochr i'r dŵr. Mi fyddai wedi gwlychu a boddi go iawn y tro yma. Ond ar hynny, rhuodd y lorri i ffwrdd yr un mor mor sydyn ag y daeth a dod o fewn trwch blewyn i droi traed Tabor yn grempogau.

Wrth i'r bonllefau bellhau, llyncodd Tabor ei boer a mynd i eistedd ar y wal yn ei gwman. Syllodd ar ei ffôn ac agor y neges a gafodd o'n hwyr nos Fawrth, ar ôl ffarwelio â hi wrth y giât.

Haia Tabor. Di mwynhau heno'n ofnadyw! Ti'n lyfli. Diolch am y nhgerddad adre. Set tin licio cwarfod d Sadwrn? Tyd at y bont ebryn un. Fyddai ynon aros ond paid deud wrht neb! Nos da sexy;-) G X. (Nid oedd 'G' yn orofalus gyda'i sillafu pan fyddai'n tecstio.)

Astudiodd Tabor y neges am y milfed tro ac erbyn hyn nid y glaw mân oedd yn crio'i ffordd i lawr ei ddwy rudd ond dagrau go iawn, y dagrau y byddai'n eu hwylo'n ei wely ers talwm ar ôl i genod y pentre ddweud ei fod o'n dew, yn drewi, neu'r ddau. Ac yn byw efo'i nain a'i buwch. Rhoddodd ei ben yn ei ddwylo a chau'i lygaid rhag ofn i fwy o bobl ryfedd – neu'n waeth byth, y plismyn lleol – ddod heibio a'i weld.

Dechreuodd y seiren ganu eto ond roedd meddwl Tabor yn bell i ffwrdd. Mae'n rhaid bod ei ffrindiau hi neu'i chwiorydd neu'i theulu wedi cael gwybod a gwneud hwyl am ei phen, meddyliodd.

'Tabor?!! Ti'n mocha hefo Tabor?!!' A phiffian chwerthin a gwatwar a gwaradwyddo a hithau wedi penderfynu mynd i gwarfod un o hogiau'r dre yn ei le. Fyddai o wedi'i chofleidio hi'n syth, tybed? Neu ddim ond cyfarch yn swil? Gafael llaw wrth fynd am dro ar hyd y llwybr bach oedd yn arwain o'r bont i lawr at y coed ac ar hyd yr afon? Y niwl yn clirio a'r glaw yn peidio a'r haul yn sbecian trwy'r brigau cyn downsio ar y lli? Ac enfys yn deffro'r pentre'n ara deg o'i gwsg.

Ond nid y pentre ond Tabor ei hun a gafodd ei ddeffro, a hynny gan gysgod presenoldeb rhywun yno ar y bont o'i flaen. Cododd ei ben a rhwbio'i lygaid.

'Haia Tabor,' meddai hi trwy'r niwl. 'Sori 'mod i'n hwyr.'

'Helô,' meddai Tabor, a chodi o'r wal.

Wrth glosio'n ara deg i gusanu, ni allai'r un o'r ddau glywed y drôns yn cylchu uwchben.

LLEW YN RHUO

Wiliam Owen Roberts

Hyd yn oed ar ôl i'r cwest gael ei gynnal, roedd pobol yn dal i amau o hyd fod rhyw reswm llawer dyfnach tros yr hyn ddigwyddodd yn y Llew Du. Pam wnaeth y barmed ollwng gwenwyn i wydrau dwsin o bobl, lladd chwech, a gadael chwech arall yn gwingo rhwng byw a marw? Ymysg y rhai a gafodd eu lladd y noson honno roedd Trish Price a'i gŵr, Huw. Wedi bod i gyngerdd gan Gerddorfa Symffoni'r BBC yn y Neuadd Fawr yn Aberystwyth oeddan nhw – Sibelius Pump, ffefryn Huw – a dim ond rhyw chwiw barodd iddyn nhw droi i mewn am un bach sydyn cyn mynd adra ddiwadd y nos.

Dau arall lleol a gafodd eu gwenwyno oedd Jenny a Cameron Ley-Hanson, a oedd yn cadw Swyddfa Bost Dôl-maen ers bron i naw mlynadd, yn fam a thad i chwech o blant, Flossie, Massie, Jackie, Frankie, Lillie a Dan, a'r ddau yn llywodraethwyr ysgol gynradd y pentre, Cameron fel Cadeirydd a Jenny fel Trysorydd. Fel y dywedodd y pennaeth, Mrs Alys Wyn Thomas, 'Mi fydd hi'n golled fawr i'r ardal ar ôl Jenny a Cameron, ond fe nawn ni'n gore tros y plantos.'

Y ddau arall a gladdwyd ym mynwent Dôl-maen

oedd Neil Mason a Garry Gleitman, a oedd wedi prynu tyddyn Gwinllan y Mur ers sawl blwyddyn a'i droi'n fusnes organig llwyddiannus ar y we o dan yr enw Rose Cottage Health Products (Mid Wales). Cwta bedwar mis a hanner oedd ers i Neil a Garry briodi a chael parti i ddathlu yn y Llew Du.

Un o'r rheiny a ddaeth trwyddi oedd fy Yncl Maldwyn i. Rentokil Bromadiolone oedd y gwenwyn, ond trwy drugaredd mae'n rhaid mai dim ond rhyw lygedyn – os hynny – a sipiodd o o'i beint o Hafan Cymru. Neu iddo fo ddod trwyddi – fel roedd amryw yn ei honni – oherwydd bod ganddo fo gyfansoddiad fel eliffant a stumog fel rheinosoros. Ffliwc. Lwc. Ffawd. Bioleg. Be? Doedd wybod be yn union achubodd o'r noson honno ym mar y Llew Du. Wedi deud hynny, mi fuodd yn ddifrifol wael am bron i dridiau yn uned ddwys Ysbyty Treforys, yn mynd a dod ar gyrion angau a Mam yn poeni bod ei brawd hi'n mynd i farw. Ar ôl y fath sgeg, fuodd ei fywyd o wedyn fyth yr un fath.

Mwy na fuodd y Llew Du.

O fewn dim mi gafodd y dafarn ei gwerthu, ac o fewn rhai wythnosau, roedd y cwpwl newydd – Kurt a Kayleigh Jiggins – wedi ailwampio'r bar a'r stafall fwyta, ailbapuro'r llofftydd ac ailenwi'r Llew Du yn Ye Olde Goat Inn. Er mwyn difa pob sôn am lew, mi aeth y ddau dros ben llestri ac ar ben polyn tal ar ymyl y ffordd fawr roedd llun o fwch gafr â'i gwt i fyny mewn ffrâm sgwâr. Uwchben drws y dafarn, cafodd gafr arall hefo cyrn cyrliog ei phaentio gan Kay May McPherson, arlunydd o

Aberhosan ac un o sylfaenwyr Gŵyl Gomedi Flynyddol Machynlleth, a wnaeth gymaint i atgyfnerthu'r diwylliant lleol, a oedd yn prysur edwino ar y pryd. Uwchben y bar, roedd cartŵn o ddwy afr mewn rhyw osgo ddigon amheus. Ar lieiniau'r byrddau a chlustogau'r gwelâu, brodiwyd chwaneg o eifr. Hyd yn oed yn y tai bach, roedd rhes o eifr uwchben y cafn piso. Stampio llun yr afr dros bob atgof o'r llew oedd bwriad Kurt a Kayleigh er mwyn i un anifail ladd y cof am yr anifail arall.

Ond laddodd yr afr mo'r boen a oedd ym mhen Yncl Maldwyn.

'Pam na awn ni allan hefo'n gilydd rhywbryd? Sgynnoch chi ffansi?'

Ymhen hir a hwyr, dyma fo'n ateb, 'Wn i'm dwi isio, 'sti …'

'Dowch o 'na …'

'A deud y gwir wrtha chdi, dwi'n dal i deimlo'n ddigon … ti'n gwbod … yn ddigon peth'ma o hyd …'

'Be am heno? Be 'dach chi'n neud?'

'Ddim heno …'

'Nos fory 'ta? Nos Fawrth? Sdim byd yn digwydd ar nos Fawrth. Pam na awn ni allan?'

'Falla … Gawn ni weld.'

Mudandod mawr fuo rhyngddon ni wedyn am sbel go lew.

'Wn i fod hyn yn boenus iawn i chi, Yncl Maldwyn. Ond mae o'n rhwbath fydd rhaid ichi wynebu rhywbryd. A ma' Mam yn meddwl hynny hefyd. Dio'm yn gneud dim lles i chi jest ista'n fa'ma'n … A pheth arall … Ma'r Ye

Olde Goat Inn ar y stepan drws. Ellwch chi'm gadal y tŷ 'ma heb weld y lle. 'Dach chi'n dallt be dwi'n trio'i ddeud?'

'Ydw, ydw, dwi'n dallt yn iawn ond ti'm haws â'i ddeud o. Diolch am y cynnig yr un fath. Ti'n hen hogyn digon ffeind.'

'Meddwl amdana chi ydw i.'

Ac ar ôl rhyw eiliad arall, dyma fi'n mentro deud fod y lle wedi newid, fod y dafarn ddim byd tebyg i'r hen Lew Du, a bod hyd yn oed y bar wedi symud.

'Falla fod y lle 'di newid, ond dwi ddim …'

Roedd Yncl Maldwyn i'w weld yn annifyr yn ei groen, ac am unwaith yn 'y mywyd ro'n i'n teimlo drosto fo. Fel arfar, teimlo braidd yn biwis neu'n flin neu'n rhwystredig o'n i tuag ato fo. Ond dim ond tynnu rhyw gydymdeimlad wnaeth o ohona i ar ôl dŵad adra o'r ysbyty. Roedd y sylweddoliad iddo fo ddŵad o fewn trwch blewyn i farw wedi deud yn ddychrynllyd arno fo ac arnon ni fel teulu. Yn wahanol i frafado swnllyd y dyn gynt, roedd y dyn yma wedi mynd yn ddyn pryderus, ofnus a mymryn yn ofergoelus.

Roedd pawb yn Nôl-maen yn gwybod ei fod o wedi bod yn mocha hefo Mrs Benfelen, fel roedd Yncl Maldwyn yn mynnu galw Valerie y barmed. 'Anaddas' oedd gair Mam am y peth, ac roedd hi reit llawdrwm ar ei brawd o'r cychwyn am wneud gymaint o sôn amdano ac yn meddwl ei fod o'n ffŵl. Ond y gwir amdani oedd bod rhyw flys gan Yncl Maldwyn am ferched hefo dipyn o bagej. Merched wedi eu tolcio yn emosiynol. Neu'n well fyth, merched wedi'u baeddu gan wahanol ddynion ac ar goll yn lân. Roedd hynny yn apelio at ryw natur warchodol ynddo fo, lle'r oedd o'n gallu cynnig gofal a chysur, ond hefyd yn mwynhau amball i felodrama fel gweiddi a malu llestri.

Fel y rhan fwya o bobol sy'n gweithio mewn tafarndai yng ngorllewin Cymru, doedd Mrs Benfelen ddim yn un o'r ardal, nac yn gwybod dim oll am yr ardal, a doedd ganddi fawr o ddiddordeb chwaith mewn dŵad i wybod dim am Ddôl-maen, tasa hi'n mynd i hynny. Dim ond iddi gael ei chyflog at ei chadw, roedd hi'n fwy na bodlon. Ar y wynab, beth bynnag. Er ei bod hi'n chwerthin, doedd hi ddim yn hapus.

Ac er mai Valerie roedd pawb yn ei galw hi (ar wahân i Yncl Maldwyn, a oedd yn hoff o sôn amdani fel Mrs Benfelen, er ei bod hi ddim yn briod), ei henw go iawn hi oedd Ilona Edelsheim Gyulai Nádasaka. Ychydig iawn roedd hi wedi trafod am ei bywyd 'nôl yn lle bynnag fuo hynny, a llai byth o wybodaeth a gafwyd amdani yn sgil y cwest yn Aberystwyth. Roedd rhyw helynt hefo'i phasbort hi – mi gododd y Swyddfa Gartra ryw fatar na chafodd fyth mo'i egluro yn llwyr – a doedd y crwner ddim yn hollol siŵr ai Edelsheim Gyulai Nádasaka oedd ei henw go iawn hi hyd yn oed, nac o ba wlad roedd hi'n enedigol. Roedd y cwbwl yn dipyn o ddirgelwch a llun digon llwm oedd ganddon ni o fywyd Valerie.

Ond roedd Yncl Maldwyn wedi mopio ei ben amdani. Amball waith ar ôl stop tap, pan fydda fo'n aros i gael llymad hwyr, y hi oedd wastad y tu ôl i'r bar. Roedd o wrth ei fodd pan fydda fo'n clŵad swish y llenni yn cau, y goleuadau isal yn cael eu pylu yn is, y dafarn yn gwagio yn ara deg ac yntau'n gallu smocio heb orfod mynd allan i'r oerfal. Y sgwrsio wedyn. Y siarad smala am ddim byd a'r sipian tawel. Rhywbryd yn nhrymder yr oria mi fydda Valerie yn dechrau canu. Roedd o'n llais cryg a gwan, ond fod ei goslef hi'n lleddf. Ei ffefryn hi oedd *Szomorú vasárnap,* hen gân yn llawn o hiraeth am ryw laslanc o'r enw László roedd ei galon wedi ei hollti ar ôl rhyw gariad wnaeth ei siomi fo.

Llofft gyfyng o dan y to oedd llofft Valerie yn y Llew Du. Ar wahân i wardrob a chadair, yr unig beth arall oedd yno oedd rhyw hen wely cyfyng, annifyr iawn i garu ynddo fo ('nôl Yncl Maldwyn), oherwydd y pant yn y canol, a oedd yn mynnu tynnu'r ddau i'w hafn ar waetha pob ymdrech i beidio ag ildio.

'Why we not go to your house ...?'

'Once my divorce comes through, we can ...'

'I love to see your house sometime ...'

'I promise you, you can. But it's nothing much ...'

'Maybe I come one day to live in your house.'

Yn yr hannar gwyll mi fydda hi'n sibrwd yn ei glust o ei bod hi ddim hannar mor dlws ag y buo hi, a bod ganddi gywilydd o'r ffordd roedd hi'n heneiddio.

Ar ôl busnas y gwenwyno mi gollodd Yncl Maldwyn bob blas at ei waith bob dydd. Aeth pethau o ddrwg i waeth nes y penderfynodd o roi'r gora iddi. Doedd o ddim yn hollol siŵr be i'w wneud hefo gweddill ei fywyd. Roedd o'n bum deg dau oed ac wedi bod yn briod deirgwaith, ac ar fin ysgaru ag Olwen, ei drydedd wraig, ac roedd o wedi bod yn agos iawn at y dibyn. Doedd ei ddyfodol o ddim yn argoeli'n dda. (Roedd Mam yn hoff iawn o Olwen, gyda llaw, ac yn meddwl fod ei brawd hi'n ffŵl.)

Rhyw fora glawog dyma Kurt Jiggins o'r Ye Olde Goat Inn yn dŵad draw i weld Yncl Maldwyn hefo bocs bach o dan ei gesail.

'The locals told me you and that barmy barmaid had a thing goin' …' wrth sychu'i drwyn hefo cefn ei law. 'I dunno, maybe you want these, or maybe not, I don't care, but if you don't, me and Kayleigh don't want 'em either, so you can chuck 'em …'

Dim ond rhyw fân drugareddau oedd yn y bocs – crib melyn bychan, brwsh du, breichled arian, clustdlysau, mat cwrw y Llew Du, amlen las heb lythyr a thaflen hys-bys i glwb o'r enw Club Life yn Budapest.

O fewn rhai wythnosau, roedd ysgariad Yncl Maldwyn ac Olwen yn swyddogol. Wrth orfod gwerthu'r tŷ, mi aeth o gam ymhellach a rhoi ei gar ar werth (ei ddau gar, achos roedd ganddo fo ryw hen Volvo estate roedd wedi'i gadw yn ei garej am flynyddoedd, ond heb drafferthu'i yrru fo ers oes pys). Penderfynodd werthu ei ddodrefn, ei ddillad a'i lestri ac mi aeth o â'r manion bethau eraill fel lluniau, potiau, geriach yr ardd a'r garej ac ati i'w gwerthu ar foreau Sul mewn cae tu ôl i ysgol gynradd Aberdyfi mewn car bŵt sêl. Prynu moto-beic oedd y peth nesa.

'I le 'dach chi'n meddwl mynd ar gefn peth fel hyn, Yncl Maldwyn?'

Roedd o'n glamp o beiriant anfarth. Kawasaki Z800, gwerth ei weld.

'Dwi am ddilyn dipyn ar fy nhrwyn i gychwyn …'

'Mi neith hi sbin neis ichi, 'nenwedig os neith hi'm bwrw glaw pnawn 'ma. Ga i ddŵad hefo chi?'

Fferru yn stond wnaeth Mam pan ddeudis i wrthi be oedd ei fwriad o.

'Budapest?'

'Ma'n debyg …'

'Ydi o'n *gall*?'

'Dim ond deud be na'th o ddeud ydw i.'

'Pam?'

'Wel, 'nôl fo … mae o isio trio dŵad o hyd iddo fo'i hun.'

Cyn i Yncl Maldwyn hyd yn oed gychwyn ar y daith faith yma ar draws Ewrop, ro'n i'n hun wedi hannar ama na fydda'r stori'n gorffan mewn lle dedwydd iawn. Sut oedd disgwyl iddi wneud? Hefo Yncl Maldwyn ar gefn Kawasaki Z800? A Hwngari yn lle mor ddiarth ac mor bell? Ac fel roeddan ni i gyd wedi'i ofni, *mi* orffennodd y cwbwl mewn rhyw ffordd ddigon grotésg. Wel, hollol grotésg, tasa ni'n bod yn onast hefo ni'n hunain. Ond fel'na mae bywyd yn amal. Dydi pethau ddim cweit yn ffitio yn dwt i'w gilydd ac mae pawb ohonon ni yn gadael rhyw lanast ar ei ôl yn rhywla o hyd. Dair wythnos ar ôl iddo fo adael Cymru ar gefn ei Kawasaki, roedd o wedi stopio ar y lefal crosing mewn lle bach o'r enw Szentes …

Ond wedyn, mi fasa rhei yn dadlau mai saga drist fuo bywyd f'ewyrth ar ei hyd yn y bôn. Dyna be oedd barn Mam beth bynnag ac mae hi'n chwaer iddo fo, ac yn meddwl ei fod o'n ffŵl. Gadael yr ysgol yn un deg chwech oed wnaeth Yncl Maldwyn er mwyn gweithio ar y tryc fforc-lifft yn warws Amaethwyr Ceredigion yn Aberystwyth. Mi briododd yn ddau ddeg tri oherwydd ei fod o'n teimlo fod rhaid iddo fo, er iddi hi golli'r babi. Roedd Nain a Taid yn fyw yr adag honno ac yn ôl Mam mi fuo hylibalŵ mwya ofnadwy ac mi rydan ni fel teulu yn weddol barchus a thraddodiadol. Ond erbyn bod Yncl Maldwyn yn ddau ddeg chwech roedd o a Nancy wedi ysgaru. Priodi Saesnes o Selly Oak pan oedd o'n dri deg pump, heb sylweddoli fod honno'n *bi-polar*. Na'th hynny ond para gwta hannar blwyddyn. Yn bedwar deg chwech oed, mi briododd Olwen, dynas o Bont-rhyd-y-groes, a oedd tua'r un oed â fo. Roedd hyd yn oed rhywun fel fi yn gallu gweld fod y ddau ddim yn siwtio'i gilydd o'r eiliad gynta. Be oedd Olwen isio yn ei chalon oedd rhywun fel ei thad – ffarmwr cefnog, gweddol solat a dyn go drefnus a oedd yn yfad yn gymedrol. Be oedd Yncl Maldwyn isio oedd … wel, dyna'r peth. Be *oedd* Yncl Maldwyn isio? Am be oedd o'n chwilio, medda chi? Am be ydw i'n chwilio? Am be 'dach chi'n chwilio?

Yn ogystal â'r catalog yma o briodi ac ysgaru, mi roedd 'na ferchaid eraill hwnt ac yma ar hyd y wlad hefyd. Roedd ei waith o fel rep gwerthu blawd i Amaethwyr Ceredigion yn cynnig pob math o bosibiliadau, yn enwedig os ydach chi'n dwyn i gof am eiliad pa mor fawr oedd ei batsh gwerthu fo – sef fwy neu lai o gyffiniau gogleddol Ardudwy, yr holl ffordd ar draws y wlad i'r Berwyn ac i lawr wedyn tros weundiroedd Pumlumon, draw i Aberaeron at y môr. Dyna ichi dalp o ardal i unrhyw un allu cwna ynddi.

Pan o'n i'n hogyn ysgol ar fy mhrifiant ac yn rhyw hannar dechra dallt petha – tua wyth neu naw oed – roedd o wastad yn tynnu arna i a phryfocio. Yn amal, mi fydda fo'n rowlio ei drowsus i fyny at ei ben-glin ac yn dangos rhyw sgriffiadau imi.

'Llawr llechi cegin ffarm yn Llanfihangel-yng-ngwynfa 'di rhein. Ac yli …' yn rowlio llawas ei grys i fyny i ddangos ei benelin a'r croen wedi'i rwbio'n goch. 'Hithau dana i ar wastad ei chefn a finnau wrthi fel milgi. Jest iawn i'w gŵr hi gerdded i mewn arnon ni.'

Chwerthin wedyn.

Oedd o'n deud y gwir?

Siŵr ei fod o.

Am wn i hefyd …

Ond ar ôl y busnas gwenwyno yn y Llew Du, doedd Yncl Maldwyn ddim yn chwerthin yr un fath ac mi gollodd beth o'i asbri, fel petai rhyw dalp ohono fo wedi'i chwipio gan y gwynt …

Yn ôl ei gyfaddefiad ei hun, mi gymerodd bron i naw diwrnod i gyrraedd Budapest ar gefn y Kawasaki. Roedd hi'n daith lafurus, yn enwedig yn y gwynt a'r glaw. Neu dyna ddeudodd o wrtha i ar ôl iddo fo gyrraedd adra. O hyn ymlaen, cofnodi be ddeudodd o wrtha i ydw i. Dyma ydi gweddill y stori i bob pwrpas, felly peidiwch â gweld bai arna i os ydach chi'n cael traffarth coelio amball beth. Mae'n rhaid inni gymryd be ddeudodd o ar ei air. Ond wn i ddim ydi'r cwbwl yn hollol wir ai peidio, na chwaith yn emosiynol driw i'r math o ddyn dwi'n meddwl ydi Yncl Maldwyn, ond ta waeth …

Wrth yrru tros Széchenyi o Buda i Pest, yr unig bethau i'w groesawu fo oedd y llewod cerrig ar y naill ben a'r llall i'r bont. Mi arhosodd mewn gwesty bychan o'r enw Hotel Bara, ond roedd o wedi dal annwyd. Mi fethodd â chodi o'i wely am ddeuddydd, roedd o'n teimlo mor giami a'i wres o mor uchel, ond ar y trydydd diwrnod mi aeth i chwilio am y clwb nos ar y daflen.

At ddiwadd y bora roedd o'n sefyllian ar bafin y Váci utca o flaen y Club Life, ond yn naturiol, roedd y lle ar gau. Pan ddaeth o yn ei ôl yn hwyrach y noson honno, roedd dau fownsar yn ei lordio hi o dan y gola glas uwchben y drws. Mi dalodd i ddynas hefo gwinadd duon y tu ôl i ryw ffenast wydr â bwlch yn y gwaelod am gael mynd i mewn. Cochni tywyll oedd o'i flaen o, a rhyw oleuadau chwrligwgan, a'r bar hir hefo rhes o stolion uchal, a dynion yn ista arnyn nhw. Ar lwyfan roedd dwy ferch hanner noeth yn dawnsio yn ddi-blwc.

Ar ôl ista mi glosiodd rhyw hogan ifanc ato fo a'i chyflwyno ei hun fel Monique. O fewn dim, roedd hi wedi dŵad yn ei hôl hefo gwydryn o Pilsner. Mi 'steddodd wrth ei ochor o a mwytho'i bys yn ysgafn ar hyd ei glun o, ac wedyn, swatio yn agosach i'w gesail o a holi hefo'i gwên wynt be allai hi ei wneud iddo fo. Aeth Yncl Maldwyn i'w boced a thynnu llun o'i Mrs Benfelen (llun o'r *Cambrian News*) a gofyn oedd hi'n ei 'nabod hi.

Syllu yn hir ar y llun wnaeth Monique cyn crychu'i thrwyn:

'You police?'

'No.'

'Why you ask?'

'Do you recognise her?'

Edrychodd hi ddim ar y llun ar ôl hynny, dim ond syllu yn galad i fyw canhwyllau ei lygaid o.

'No.'

'Sure?'

'Yes.'

Aeth y sgwrsio yn ei flaen ond yn ddigon herciog.

'Have you been working here long?'

'You ask a lot of questions.'

'It's because I'm looking for answers. I don't know why she did it. Why she poisoned twelve people with rat poison. Including me …'

Mi adroddodd Yncl Maldwyn y stori o'r dechrau i'r diwedd. Wrth ddwyn y cwbwl i gof, teimlodd ryw bwys yn codi'n llwyth i'w gorn gwddw. Roedd dagrau wedi hel yn ei lygaid o ac roedd o'n teimlo rhyw wasgfa yn ei frest, fel petai o isio beichio crio ond yn methu.

'Why did she want to kill me?'

'Did you hurt her? With other women?'

'No, I loved her. And I thought that she felt the same for me.'

'How do you know? Did she tell you?'

'Not in so many words, no, but … I had a feeling she did.' Doedd o heb gyffwrdd yn ei Pilsner. 'I think she did love me in her own way. Yes, I think so, yes. In her own way …'

208

'How you know? Mmmmm? Did you love her? Really love her? Love her until the feeling bleeds inside you?'

Wrth ddal rhyw atgof rhwng ei fys a'i fawd, claddodd rywbeth ynddo'i hun.

'Is your first time here?'

'First time in Budapest.'

Rhoddodd Yncl Maldwyn Mrs Benfelen i gadw.

'You want to come with me?'

'Come where?'

'We go somewhere nice. Somewhere we can talk.'

Doedd o erioed wedi teimlo mor wag yn ei fywyd.

Y noson wedyn, mi ddychwelodd i'r Club Life, ond chafodd o ddim mynd heibio'r ddau fownsar. Dangosodd lun Mrs Benfelen iddyn nhw, a chael llai fyth o groeso. Soniodd wrth ddyn main yr Hotel Bara am y clwb a dywedodd hwnnw mai mobsters o Moldova oedd yn rhedeg y lle a bod heddlu Budapset yn llawiach hefo nhw. Doedd neb i'w drystio mewn twll o'r fath. A doedd holi am ferch yn gweithio yn y clwb mo'r peth callaf fyw i'w wneud os oedd o'n parchu ei esgyrn.

Dangosodd lun Mrs Belfelen i'r dyn ond doedd hwnnw ddim dicach.

'She escaped to your country … maybe, because … who knows? Life get messy … People sometimes … they just vanish … in England she thought she might be happy … England is a good country with good people, you are very lucky …'

'I wish I could meet someone who knew her. Just to talk about her.'

'Why do you think she was born here?'

'She used to sing a song to us in the Black Lion.'

Canodd Yncl Maldwyn bennill o'r gân.

'Yes, that is an old Hungarian song. It's very sad.'

Treuliodd rai dyddiau yn gwag-symera hyd Budapest, wedyn penderfynodd ddilyn ei drwyn a gyrru ei Kawasaki yn ddiamcan. Wrth rowndio pob un tro yn y ffordd, roedd rhyw olygfa newydd yn codi o'i flaen o, nes peri iddo fo ofyn: o le daeth bob dim? Ceisiodd olrhain ei feddwl yn ôl i'w atgofion cynharaf, ond llithro, cilio, darfod roedd y cwbwl i ryw ddim.

Wedyn daeth at lefal crosing a'r bariau i lawr, y golau coch yn fflachio. Arafodd, a daeth y moto-beic i stop. Teimlad braf oedd cael gosod ei ddwy droed ar y ddaear ac roedd yn falch o'r cyfle i 'mestyn ei goesau. Doedd dim golwg o'r trên. Daeth dyn mewn trol a cheffyl i oedi y tu ôl iddo fo. Rhyw hen ŵr gwargrwm oedd o, ond o fewn dim, chwyrnodd rhyw gar to meddal i'r fei a dwad i stop y tu ôl i'r drol ond doedd dal ddim golwg o'r trên.

I lawr rhyw lwybr rhwng y coed a'r mwsog, ymlwybrodd rhyw hen wreigan fechan a hances wen am ei phen a basged wiail ar ei braich tan dywys bwch gafr ar gortyn. Camodd yr hen wreigan heibio i Yncl Maldwyn a chlymu'r cortyn am fariar y lefal crosing, a 'mestynnodd hi i'w basged a thynnu brechdan allan a'i chnoi.

Erbyn hyn roedd yr hen ŵr yn hanner hepian ar y drol.

Ond chwerthin oedd i'w glywed o'r car to agored, a dau ifanc yn cusanu ei gilydd. Am hanner eiliad, meddyliodd Yncl Maldwyn fod y ferch wallt du yn chwarae hefo coc yr hogyn ifanc rhwng ei bys a'i bawd. Trodd ei ben draw a syllu ar y bwch gafr. Roedd rhyw olwg drahaus ar yr anifail, yn union fel petai o'n edrach i lawr ei drwyn arno fo ac yn ei wawdio am ddod mor bell o Gymru i ddim byd.

Caeodd Yncl Maldwyn ei lygaid a theimlodd ryw gynhesrwydd meddal. Teimlodd gusan Valerie ar ei glust a gwenodd. Yr eiliad nesaf roedd yn ôl yn y gwely cyfyng o dan do y Llew Du yn Nôl-maen. Teimlodd hi'n llyfu ... a'r eiliad nesaf, rhuodd rhyferthwy anghredadwy o haearn heibio. Yn ei ddychryn brathodd y ceffyl glust Yncl Maldwyn, ac yn ei boen a'i fraw, waldiodd Yncl Maldwyn y ceffyl yn hegar hefo'i dalcen.

Doedd neb erioed o'r blaen wedi hed-bytio'r ceffyl a bagiodd hwnnw yn llygatwyllt, gan hyrddio'r drol yn erbyn bonat y car to meddal. Llamodd yr hogyn ifanc allan ar ei union a dechrau blagardio hen ŵr y drol. Dechreuodd hwnnw gega'n ôl. Pan ddaeth cariad yr hogyn ifanc i'r fei a dechrau arni yn y modd mwyaf melltigedig, aeth pob un dim o ddrwg i waeth, a phawb yn sgrechian-gweiddi ar ei gilydd. Ond pan ddechreuodd yr hen wreigan fwrw iddi roedd pethau wedi mynd yn rhemp. Sylwodd neb am sbel fod y bariars wedi codi a bod yr afr yn crogi. Ond rhwng Yncl Maldwyn a'r goleuni, ddim bwch gafr oedd yno yn yr haul ond llew yn rhuo.